庫 7

正岡子規 高浜虚子

新学社

装幀　友成　修

カバー画
パウル・クレー『シチリアの地形』一九三三年
個人蔵（スイス）
協力　日本パウル・クレー協会

河井寛次郎　作画

目次

正岡子規

高浜虚子

正岡子規

正岡子規句抄

寒山落木

巻一

明治十八年　夏郷里松山ニ帰ル○厳嶋《イツクシマ》ニ遊ビ祭礼ヲ観ル○九月上京
同　十九年　夏久松定靖公ニ扈従シテ日光伊香保ニ行ク○九月帰京
同　二十年　春腸胃ヲ病ム上野ヲ散歩ス○夏帰省○九月上京
同　廿一年　夏牛嶋月香楼ニ居ル○九月帰京常盤会寄宿舎ニ入ル
同　廿二年　四月水戸ニ遊ブ往復一週間○五月咯血○七月帰省○九月上京不忍池畔ニ居ル後再ビ常盤会寄宿舎ニ入ル十二月帰郷

同　廿三年　一月上京○七月帰郷○九月三井寺観音堂前考槃亭ニ居ルコト七日直チニ上京
同　廿四年　春房総行脚十日○六月木曾ヲ経テ帰郷○九月上京途中岡山寒懸ニ遊ブ○秋大宮ニ居ルコト十日○冬駒籠ニ居ヲ遷ス○川越地方ニ遊ブコト三日
同　廿五年　一月燈火十二ケ月ヲ作ル其後何々十二ケ月ト称スル者ヲ作ルコト絶エズ○春根岸ニ遷ル○夏帰省ス○九月上京○十一月家族迎ヘノタメ神戸ニ行ク京都ヲ見物シテ上京○此年夏ヨリ日本紙上ニ投稿十二月ヨリ入社

明治十八年

木をつみて夜の明《あけ》やすき小窓かな

明治十九年

一重づつ一重づつ散れ八重桜

明治二十年

けさりんと体《たい》のしまりや秋の立つ

茶の花や利休の像を床の上

明治二十一年

見ればたゞ水の色なる小鮎《こあゆ》哉
青々と障子にうつるばせを哉

明治己丑二十二年

京都

一日の旅おもしろや萩の原
祇園清水冬枯もなし東山

明治二十三年（紀元二千五百五十年）

朝顔にわれ恙《つが》なきあした哉

その鐘をわれに撞《つ》かせよ秋の暮

明治二十四辛卯年（紀元二千五百五十一年）

春

鶯や山をいづれば誕生寺

夏

少年の写真に題す

竹の子のきほひや日々に二三寸
涼しさや行燈《あんどん》消えて水の音

秋

音頭瀬戸

秋風や伊予へ流るゝ汐の音

十月廿五日大山に上りて

野菊折る手許に低し伊豆の嶋《しま》

冬

はせを忌

頭巾きて老とよばれん初しぐれ

明治二十五年

新年

蓑一枚笠一個蓑は房州の雨にそぼち笠は川越の風にされたるを床の間にうや〳〵しく飾りて

蓑笠《みのかさ》を蓬莱にして草の庵《いほ》
若水や瓶《かめ》の底なる去年《こぞ》の水
袴着て火ともす庵や花の春

春

（時候人事）
死はいやぞ其きさらぎの二日灸《ふつかぎう》

（地理）
春の野に女見返る女かな

（動物）
蝶〳〵や順礼《じゆんれい》の子のおくれがち

（植物）
山吹の垣にとなりはなかりけり

夏

（時候人事）

涼しさや馬も海向く淡井阪
松山

姉が織り妹が縫ふて更衣《ころもがへ》

（天文地理）

五月雨《さみだれ》や漁婦《たゝ》ぬれて行くかゝへ帯
根岸

五月雨やけふも上野を見てくらす

（動物）

すめばすむ人もありけり閑古鳥

（植物）

白牡丹ある夜の月に崩れけり
関原

誰《た》が魂《たま》の夢をさくらん合歓《ねむ》の花

秋

（時候人事）

嚊《かゝ》殿《どの》に盃さすや菊の酒

（天文地理）

琉球も蝦《え》夷《ぞ》もはれたりけふの月
萩《はぎ》薄《すゝき》思ひ〳〵の野分哉
白露の中に泣きけり祇王祇女

画讃

蛇《くちなは》の舌まだ赤し秋の風
秋の雲太平洋を走りけり
名月や伊予の松山一万戸
蛇落つる高石がけの野分哉
西行はどこで歌よむけふの月

（動物）

蜩《ひぐらし》の松は月夜となりにけり

範頼の墓に笠をさゝげて

鶺鴒《せきれい》よこの笠叩くことなかれ

（植物）

足柄や花に雲おく女郎花《をみなへし》

萩薄小町が笠は破れけり

箱根茶店

犬蓼《いぬたで》の花くふ馬や茶の煙

牛の子を追ひ〳〵はいるもみぢ哉

夕もみぢ女もまじるうたひ哉

はじめの冬

（天文）

さら〳〵と竹に音あり夜の雪

ほんのりと茶の花くもる霜夜哉

（雑）（天文除）

炭二俵壁にもたせて冬ごもり
冬枯や蛸《たこ》ぶら下る煮売茶屋

終りの冬

（時候）
いそがしく時計の動く師走《しはす》哉

（人事）
猫老て鼠もとらず置火燵《おきごたつ》

（天文地理）
とりまいて人の火をたく枯野哉

（生物）
安房《あは》へ行き相模《さがみ》へ帰り小夜千鳥

巻二

明治二十六年癸巳

新年

新春　十万の常備軍あり国の春

根岸

鶯や東より来る庵《いほ》の春

橙　橙《だい〳〵》や都の家数《やかず》四十万

年玉　年玉や長崎鯣《するめ》蝦夷《えぞ》昆布

養父入《やぶいり》　藪入の二人落ちあふ渡し哉

はじめの冬

埋火　埋火《うづみび》の夢やはかなき事ばかり

雪　馬の尻雪吹きつけてあはれなり

裏窓《うらまど》の雪に顔出す女かな

春

麗《うららか》　うらゝかや女つれだつ嵯峨御室《さがおむろ》

余寒　一枚の紙衣《かみこ》久しき余寒哉

二法学士逝く

冴返　野辺送りきのふもけふも冴え返る

西行忌　謡一曲亡魂花にうかれ出よ

火燵塞　巨燵《こたつ》なき蒲団や足ののべ心

凧　そこらから江戸が見えるか奴凧《やつこだこ》

摘草　摘草や三寸程の天王寺

草餅　旅人や馬から落す草の餅

茶摘　我庭に歌なき妹《いも》の茶摘哉

春日　春の日を鼓の紐のゆるみけり

春雑　じだらくに寝たる官女や宵の春

春雪　下町は雨になりけり春の雪

雪解　はしためのかもじ干したる雪《ゆき》解《げ》哉

陽炎　陽《かげ》炎《ろふ》に牛の涎《よだれ》のかゝりけり

朧月　居酒屋の喧嘩押し出す朧月

畑打　畑打やふじの裾野に人一人

猫の恋　恋猫のあはれやある夜泣寝入

胡蝶　蓬《よもぎ》生《ふ》や蝶吹き返す夕嵐

秋虎の妻を悼む

梅　わりなしや樒《しきみ》にまじる梅の花

接木　来年の命を契る接《つぎ》木《き》哉

桜　目隠しの女あぶなし山桜

秋色桜

姥桜　十三の年より咲て姥《うば》桜

花見　二の尼の一の尼とふ花見哉

葱のぎぼ　見えかゝる叔父の閑居や葱のぎぼ

韮

傘さして韮《にら》つむ人のにくさ哉

根岸

菜花

ふら〳〵と行けば菜の花はや見ゆる

夏

秋近

鏡見てゐるや遊女の秋近き

秋近し七夕恋ふる小《こ》傾《げい》城《せい》

葛の松原に患ひて

夏雑

人屑の身は死もせで夏寒し

短夜

短夜や逢坂こゆる牛車

暑

暑さ哉八百八町家ばかり

犬の子の草に寝ねたる暑さ哉

鍬たてゝあたり人なき暑さ哉

画讃

我宿は女ばかりのあつさ哉

涼し

すゞしさを四文にまけて渡し守

硯讃

すゞしさや雲湧き起る海三寸

素香孤松二氏閑栖

すゞしさや月に二人の亭主あり

福嶋公園眺望

見下せば月にすゞしや四千軒

福嶋荵摺の古跡にて

涼しさの昔をかたれしのぶずり

塩竈海中の藻を此あたりにて何と呼ぶやと問へば藻汐草といふとぞ答へける

すゞしさや海人《あま》が言葉も藻《も》汐草《しほぐさ》

仙台南山閣

涼しさのはてより出たり海の月、

関山越の隧道にて

涼しさや羽前をのぞく山の穴

鳴雪翁宅にて翁の帰りを待つ

すゞしさやあるじまつ間の肘枕

鵜飼

風吹て篝《かゞり》のくらき鵜川哉

川狩

川狩や脇指《わきざし》さして水の中

田植

笠を着て誰に田植の薄化粧

幟

雨雲をさそふ嵐の幟かな

虫干

瑞巌寺

政宗の眼《まなこ》もあらん土用干

納涼

松嶋一見せんとて上野の汽車にのりて

みちのくへ涼みに行くや下駄はいて

根岸

妻よりは妾《めかけ》の多し門涼み

青簾　青簾《あをすだれ》娘をもたぬ家もなし

瘧疾にかゝりて

五月雨　定めなき身を五月雨《さみだれ》の照り曇り

水瓶に蛙うくなり五月雨《さつきあめ》

五月晴　うれしさや小草《をぐさ》影もつ五月晴

夕立　夕立にうたるゝ鯉のかしらかな

旅亭

夕立や雨戸くり出す下女の数

雲の峰　海へだつ上総《かづさ》は低し雲の峰

時鳥　時鳥《ほとゝぎす》二声嵐三声雨

根岸

老鶯　老鶯《おいうぐひす》若《わか》時鳥《ほとゝぎす》今年竹

若葉　行過て若葉になりぬ花の旅

木下闇　下闇や八町奥に大悲閣

傾城讃
紫陽花　紫陽花《あぢさゐ》やきのふの誠けふの嘘

陸奥の旅に古風の袴はきたる少女を見て
撫子　撫子《なでしこ》やものなつかしき昔ぶり

ばせを塚にて
覆盆子《いちご》　旅路なれば残るいちごを参らせん

秋

立秋　骸骨に何やらひゞく今朝の秋

初秋　初秋の馬洗ひけり最上河《もがみがは》

病中
夜長　妹に軍書読ますする夜長哉

秋夕　秋晴て故人の来る夕哉

七夕　暁のしづかに星の別れ哉

花火　木の末《うれ》に遠くの花火開きけり

案山子　山畑は笠に雲おく案山子《かゞし》哉

湯田温泉

秋　風　秋風や人あらはなる山の宿

はて知らずの記の後に題す

秋風や旅の浮世の果知らず

洪水

天　河　天の川高燈籠にかゝりけり

稲　妻　稲妻に人見かけたる野道哉

稲妻をしきりにこぼす夕哉

悼

霧　朝霧や杉の木《こ》末の園城寺

初　嵐　朝顔の花やぶれけり初嵐

名　月　一寸の草に影ありけふの月

鐘つかば唐《から》へひゞかんけふの月

秋の海　なが〳〵と安房《あは》の岬や秋の海

山上より山麓の人家を見ながら路遠く日のくれかゝるに

蜩　蜩《ひぐらし》や夕日の里は見えながら

木槿　木槿《むくげ》咲く土手の人馬や酒田道

漱石来る

朝顔　蕣《あさがほ》や君いかめしき文学士

行脚より帰りて

蕣に今朝は朝寝の亭主あり

萩　萩の中に猶白萩のあはれなり

雞頭花　雞頭《けいとう》や賤《しづ》が伏家《ふせや》の唐錦

紫菀　淋しさを猶も紫《し》菀《をん》ののびるなり

嵐雪の黄菊白菊庵貧し

菊　菊買ふや杖頭《ちやうとう》の銭《ぜに》二百文

羯南氏住居に隣れば

芭蕉　芭蕉破れて書読《ふみ》む君の声近し

冬

雅俊不犯の鐘うたせたる事を

寒さ　鐘うてば不犯《ふぼん》とひゞく寒さ哉

炉開　炉開《ろびらき》や越《こし》の古蓑木曾の空

時雨　背戸あけて家鴨《あひる》よびこむ時雨哉

夕月のおもて過ぎ行く時雨哉

宗祇去り芭蕉歿して幾時雨

芭蕉翁二百年忌

月花の愚をしぐれけり二百年

凩　凩《こがらし》や海を流るゝ隅田川

送飄亭

凩に吹き落されな馬の尻

獺祭書屋

物は何凩の笠雪の蓑

枯野

根岸草庵

旅人の蜜柑くひ行く枯野哉

落葉

獺祭書屋

三尺の庭に上野の落葉かな

水仙

古書幾巻水仙もなし床の上

巻三

明治二十七甲午年

新年

新年

父母います人たれ〳〵ぞ花の春

淋しさの尊とさまさる神の春

万歳

万歳に見つけられたり草の庵

初暦　人の手にはや古りそめぬ初暦

初めの冬

寒　星落ちて石となる夜の寒さ哉

冬枯　冬枯や鳥に石打つ童あり

春

鉄眼奥州より帰りしに

余寒　陸奥を出てまだ江戸の春寒し

春夜　春の夜の石壇上るともし哉

彼岸　珠数ひろふ人や彼岸の天王寺

春風　六郷《ろくがう》の橋まで来たり春の風

風船売画讃

昇天の夢や見るらん春の風

送別

霞　行く人の霞になつてしまひけり

春月　女負ふて川渡りけり朧月

春雨　傘さして筑波見に出ん春の雨

焼山　三日三夜草山一つ焼《やけ》にけり

鶯　鶯やしんかんとして南禅寺

白魚　三日の月白魚生《あ》るゝ頃ならん

梅　詩僧あり酒僧あり梅の園城寺

梅を見て野を見て行きぬ草加迄

草庵

根岸にて梅なき宿と尋ね来よ

鳴雪翁とつれだちて行きけるに翁は梅見にまかるとて道より別れければ

右へ町左へ梅の別れかな

柳　土手一里依々恋々と柳哉

木芽　何の木としらで芽を吹く垣根哉

桃花　桃咲くや可愛いと思ふ女あり
鍋提げて桃の中道妻帰る

悼静渓叟

桜花　大桜只《ただ》一もとのさかり哉

画讃

磬《けい》の声花なき寺の静かなり
落花　めら〳〵と落花燃けり大篝《おほかがり》
海苔　海苔の香の向ふに安房《あは》の岬哉
山吹　比丘尼《びくに》来て山吹折て帰りけり

夏

五月雨　五月雨《さみだれ》の雲ばかりなり箱根山

虚子の木曾路を行くとて旅立ちする時

馬で行け和田塩尻の五月雨《さつきあめ》
青嵐　鳥一つ見えず広野の青嵐

夏野　家あるまで夏野六里と聞えけり

若葉　三井寺は三千坊の若葉哉

卯の花　卯の花に泣き明しけり尼一人

夕顔　夕顔や随《ずゐ》身《じん》誰をかいまみる

夏草　夏草や大石見ゆるところ〴〵

秋

動物園

朝寒　獣《けだもの》の鼾聞ゆる朝寒み

猫に紙袋をかぶせたる画に

夜長　何笑ふ声ぞ夜長の台所

秋時候雑　鳶《とび》舞ふや本郷台の秋日和

動物園

秋高く魯西亜《ロシア》の馬の寒げなり

悼

此秋に堪へでや人の身まかりぬ

砧

砧《きぬた》打《う》てばほろ〳〵と星のこぼれける

柚味噌

鯛もなし柚味噌《ゆみそ》淋しき膳の上

稲妻

稲妻に金屏たゝむ夕かな

三日月

波のほの三日月消ゆる嵐かな

名月

名月の波に浮ぶや大八洲《おほやしま》

僧

月見るやきのふの花に出家して

征外の兵士を憶ふ

後の月

韓《から》に見よ日本《やまと》を出づる今日の月

月

野に山に進むや月の三万騎

月千里馬上に小手をかざしけり

御院殿にて鳴雪不折両氏に別る

月の根岸闇の谷中や別れ道

海戦
船沈みてあら波月を砕くかな

秋風　何とせん母痩せたまふ秋の風

野分　野分すなり赤きもの空にひるがへる

従軍の人を送る
露　生きて帰れ露の命と言ひながら

秋雨　大木の中を人行く秋の雨

鴫　古沼や鴫《しぎ》立《たち》て三日の月低し

黄海の戦
雁　船焼けて夕栄《ゆふばえ》の雁《かり》乱れけり

啄木鳥　啄木鳥《きつゝき》や山しんとして昼の月

上野動物園
鹿　夢に見て何処《いづこ》の秋を啼く鹿ぞ

蜻蜓　赤蜻蜓《とんぼ》筑波に雲もなかりけり

堀割を四角に返す蜻蛉哉

木犀　木犀《もくせい》や雨の欄干《おばしま》人もなし

団子阪菊花偶

菊　あはれ気もなくて此菊あはれなり

木棉ながら善き衣着たり菊の花

鬼灯　鬼灯《ほゝづき》に妹《いも》がうらみを鳴らしける

蕎麦　蕎麦植ゑて人住みけるよ藪の中

稲舟　稲舟に棹《さを》とり馴れぬ女かな

稲　村遠近《をちこち》雨雲垂れて稲十里

終りの冬

初冬　淋《さび》しさもぬくさも冬のはじめ哉

寒　朝日さす材木河岸の寒さかな

師走　海広し師走《しはす》の町を出はなれて

酉市　世の中も淋しくなりぬ三の酉《とり》

悼

火燵　人足らぬ巨燵《こたつ》を見ても涙かな

芭蕉翁像に対す

われは巨燵君は行脚《あんぎゃ》の姿かな

清国捕虜廠舎

冬籠　かゆといふ名を覚えたか冬籠

年の市　徴発の馬つゞきけり年の市

時雨　しぐるゝや雞頭《けいとう》黒く菊白し

帆柱に月持ちながら時雨かな

凩　凩《こがらし》や海は虚空にひろがりて

凩の中より月の昇りけり

氷　染汁の紫氷る小溝かな

千鳥　上汐《あげしほ》の千住《せんじゅ》を越ゆる千鳥かな

海鼠　天地《あめつち》を我が産み顔の海鼠《なまこ》かな

牡蠣　妹《いも》がりや荒れし垣根の蠣《かき》の殻

冬木立　大雨のざんざとふるや冬木立

枯荻　枯荻《かれをぎ》や日和定まる伊良古《いらご》崎

冬枯　恋にうとき身は冬枯るゝ許《ばか》りなり

巻四

明治二十八年

二月上旬碧梧桐虚子ト共ニ目黒近辺ヲ散歩ス

三月三日東京ヲ発シ汽車大阪ニ向フ同所ニ一泊シ広嶋ニ行ク

三月十八日松山ニ帰ル二三日ヲ経テ広嶋ニ出ヅ

四月七日近衛師団司令部ト共ニ海城丸ニ乗リ宇品ヲ発ス　日大聯湾着　日金州ニ行キ一泊シテ海城丸ニ帰ル　日旅順ニ行キ　日柳樹屯ニ帰リ金州ニ行ク

五月十日金州発十四日大聯湾ヨリ佐渡国丸ニ乗ル

十七日船中喀血　廿二日和田岬ニ上リ直チニ神戸病院ニ入ル　七月廿二日退院須磨保養院ニ行ク

八月　日広嶋ヲ経テ松山ニ帰ル
十月十九日松山発広嶋須磨ヲ経テ大阪ニ至リ奈良ニ遊ブ十月三十日帰京

明治二十八年乙未

新年

禅師に寄す

新年　隻手声絶えて年立つあした哉

屠蘇　古妻の屠蘇《とそ》の銚子をさゝげける

御慶　梅提げて新年の御慶申しけり

新春　新らしき地図も出来たり国の春

春

余寒　穴にのぞく余寒の蟹《かに》の爪赤し

金州

春日　鵲《かさゝぎ》の人に糞する春日哉

春夕　春の日の暮れて野末に灯ともれり

独居恋

何として春の夕をまぎらさん

朝妻舟の画に

春夜　春の夜の枕にゆるき鼓かな

ある席にて

春の夜の連歌くづれて端唄《はうた》哉

日永　永き日を胡坐《あぐら》かきたる羅漢哉

暮春　乗り捨てし鷁首《げきしゅ》の船や春暮るゝ

金州城にて

行く春の鉄漿《かね》つけなやむ女哉

古白を悼む

春時候雑　春や昔古白といへる男あり

松山

春や昔十五万石の城下哉

涅槃会　見苦しい仏の顔の並びけり

法龍寺父君の墓に詣で、

畑打　畑打よこゝらあたりは打ち残せ

日本新聞社楼上に従軍の酒宴を張りて吾を送らる折ふし三月三日なりければ雛もなしといふ題を皆々詠みけるにわれも筆を取りて　二句

雛　雛もなし男許りの桃の宿

首途《いでたち》やきぬぐ〵をしむ雛もなし

桃宴　妹が頰のほのかに赤し桃の宴

霞　かへり見れば行きあひし人の霞みけり

大聯湾に行く海上対馬を見返りて

日本のぽつちり見ゆる霞哉

大聯湾

大国の山皆低きかすみ哉

春風　春風や東へ片帆《かたほ》西へ真帆《まほ》

仰向に地蔵こけたり春の風

春月

春の月枯木の中を上りけり

三《み》筋《すぢ》程《ほど》雲たなびきぬ朧月

鶯

鶯の湯殿のぞくや春の雨

燕

燕《つばくら》や酒蔵つゞく灘《なだ》伊《い》丹《たみ》

蛙

夜越して麓に近き蛙かな

梅

染物のそばに梅咲く根岸哉

舟で行き歩《かち》で行く梅の十ケ村

柳

京《きやう》人《びと》のいつはり多き柳かな

木芽

鼻つけて牛の嗅ぎ居る木芽哉

桜花

聾《みみしひ》の聖《ひじり》尊し山桜

花咲いて妻なき宿ぞ口をしき

従軍の首途に　二句

いくさかな我もいでたつ花に剣

出陣や桜見ながら宇品迄

金州にて

故郷の目に見えてたゞ桜散る

従軍の時

行かばわれ筆の花散る処まで

眼中之人吾老矣

吾は寝ん君高楼《たかどの》の花に酔へ

松山

桃花

故郷はいとこの多し桃の花

金州城外

なき人のむくろを隠せ春の草

種芋

種芋を植ゑて二日の月細し

菜花

菜の花や牛の尿《しと》する渡し船

山吹

山吹の花の雫《しづく》やよべの雨

海　苔　　海苔《のり》麁朶《そだ》の中を走るや帆掛船《ほかけぶね》

夏

短　夜　　短夜のともし火残る御堂哉

碧梧桐の東帰を送る

明け易き頃を鼾《いびき》のいそがしき

短夜を眠がる人の別れかな

水無月　　六月の雲崩れけり妙義山

涼　し　　涼しさや松這ひ上る雨の蟹《かに》

神戸病院を出で、須磨に行くとて

うれしさに涼しさに須磨の恋しさに

病後

熱　　なまじひに生き残りたる暑哉

青　簾　　青簾《あをすだれ》捲けよ雲見ん岩屋寺

菖蒲湯　　風呂の隅に菖蒲かたよせる女哉

幟　幟《のぼり》暮れて五日の月の静かなり

須磨

団扇　松風の村雨《むらさめ》を呼ぶ団扇《うちは》かな

須磨にて虚子の東帰を送る

扇　贈るべき扇も持たずうき別れ

鮓　ふるさとや親すこやかに鮓《すし》の味

虚子の東帰にことづて、東の人々に申遣はす

昼寝　ことづてよ須磨の浦わに昼寝すと

須磨寺

納涼　二文投げて寺の縁借る涼み哉

病起

瘦骨の風に吹かるゝ涼みかな

御祓　雨雲の烏帽子《ゑぼし》に動く御祓《みそぎ》哉

夕立　夕立の淡路《あはぢ》のうしろ通りけり

青嵐　夕立や砂に突き立つ青松葉
　　　岡の上に馬ひかへたり青嵐
雲峰　帆の多き阿蘭陀船《おらんだぶね》や雲の峰
夏野　商人《あきうど》に行き違ふたる夏野哉
　　　日光図
夏山　夏山や万象青く橋赤し
青田　流れ矢の弱りて落ちし青田哉
　　　満洲より帰りて
　　　日本の国ありがたき青田哉
時鳥　比枝《ひえ》は雨三井《みゐ》は曇りて時鳥《ほとゝぎす》
　　　根岸
蟬　いろ〳〵の売声絶えて蟬の昼
水馬《みづすまし》　夕暮の小雨に似たり水すまし
蝸牛　蝸牛《でゝむし》や雨雲さそふ角のさき

若葉　とう〱と太鼓のひゞく若葉哉

留別

木下闇　送られて別れてひとり木下闇《こしたやみ》

旅立

樗　見返るや門の樗《あふち》の見えぬ迄

柿花　柿の花土塀《どべい》の上にこぼれけり

桑実　ありきながら桑の実くらふ木曾路哉

辞富居貧

若竹　若竹や豆腐一丁米二合

牡丹　牡丹載せて今戸へ帰る小舟かな

菖蒲　菖蒲提げて女行くなり柳橋

古白百ケ日

蓮花　蓮咲いて百ケ日とはなりにけり

蓼　蓼《たで》の葉や泥鰌《どぢやう》隠るゝ薄濁り

撫　子　撫子《なでしこ》や吾に昔の心あり

紫陽花　紫陽花《あぢさゐ》に絵の具をこぼす主《あるじ》哉

飄亭凱旋

茄　子　恙《つゝが》なく帰るや茄子《なす》も一年目

瓜　瓜好きの僧正山を下りけり

麻　刈麻やどの小娘の恋衣

須磨の関所の跡といへるに

夏草雑　瓜茄子《なすび》どこを関屋の名残とも

秋

須磨

立　秋　秋立てば淋し立たねばあつくるし

古白の旧庵に入りたる虚子に寄す

ひやゝか　尻の跡のもう冷かに古畳

朝　寒　朝寒や起つて廊下を徘徊す

夜寒

観山翁の墓に詣で、
朝寒やひとり墓前にうづくまる
さし向ふ夫婦の膳の夜寒哉
鼠追へば三匹逃げる夜寒哉

夜長

長き夜や人灯を取つて庭を行く
待恋
足音の隣へはいる夜長かな

秋の夕

鎌倉や秋の夕日の旅法師

秋の暮

秋の暮盲の按摩我を見る
諸友に三津迄送られて
酒あり飯あり十有一人秋の暮
帰京途中
日蓮の死んだ山あり秋の暮
高浜

八月　八月や楼下に満つる汐の音

暮秋　芭蕉の像に題す
此君にわれに秋行く四畳半

松山を立ち出づる時
行く秋のまた旅人と呼ばれけり

三月堂
行く秋や一千年の仏だち

帰庵
行く秋を生きて帰りし都哉

秋時候雑
汽船過ぎて波よる秋の小島かな

病起杖に倚《よ》れば千山万岳の秋

松山城
秋高し鳶《とび》舞ひ沈む城の上

漱石に別る

花火　行く我にとゞまる汝《なれ》に秋二つ

病中

人かへる花火のあとの暗さ哉

魂祭　病んで父を思ふ心や魂祭

燈籠　燈籠をともして留守の小家哉

賤《しづ》が檐《のき》端《ば》干魚燈籠蕃椒《たうがらし》

麻木焚　迎火や父に似た子の頬《ほ》の明り

生身魂　生身魂七十と申し達者なり

施餓鬼　残る蚊の痩せてあはれや施餓鬼棚《せがきだな》

露　暁の骨に露置く焼場哉

薬師寺仏足石

千年の露に消えけり足の跡

名月　漫々たる海のはてよりけふの月

無雑作に名月出たる畠かな

二日月　あら波や二日の月を捲いて去る

子をまうけてすぐに失ひたる人につかはす

月　月ならば二日の月とあきらめよ

鯉はねて池の面《も》暗き月夜哉

須磨にて

読みさして月が出るなり須磨の巻

秋風　絶壁の草動きけり秋の風

奈良　二句

右京左京中は畑なり秋の風

般若寺《はんにやじ》の釣鐘細し秋の風

飄亭六軍に従ひて遼東の野に戦ふこと一年命を砲煙弾雨の間に全うして帰るわれはた神戸須磨に病みて絶えなんとする玉の緒危くもこゝに繋ぎとめつひに飄亭に逢ふことを得たり相見て惘然言ひ出づべき言葉も知らず

野分

秋風や生きてあひ見る汝《なれ》と我
すご〱と月さし上る野分《のわき》哉
豆腐買ふて裏道戻る野分哉

秋海

門を出て十歩に秋の海広し
那古寺の縁の下より秋の海
秋の海音頭が瀬戸を流れけり

初汐

初汐の上に灯ともす小島かな

秋山

山門を出て下りけり秋の山
秋の山突兀《とつこつ》として寺一つ

秋水

静かさに礫《つぶて》打ちけり秋の水

鹿

春日野の女鹿呼ぶ夕かな

朝鳥

朝鳥の来ればうれしき日和哉

秋蟬

啼きながら蟻にひかるゝ秋の蟬

秋蝶

何事の心いそぎぞ秋の蝶

一葉　夏痩の骨にひゞくや桐一葉

木槿　道ばたの木槿《むくげ》にたまるほこり哉

法隆寺の茶店に憩ひて

柿　柿くへば鐘が鳴るなり法隆寺

須磨にある頃虚子おとづれして君が庵の朝顔は
今さかりといふに

蕣　帰るかと朝顔咲きし留守の垣

萩　旅人の簑《みの》着て行くや萩の原

北隣の夢大翁に申つかはす

芭蕉　壁隣芭蕉に風のわたりけり

秋海棠　女こびて秋海棠《しうかいだう》に何思ふ

漱石寓居の一間借りて

桔梗　桔梗《ききやう》活けてしばらく仮の書斎哉

紫菀　竹籠に紫菀《しをん》活けたり軸は誰

菊

病居士の端居《はしゐ》そゞろなり菊の花

別れを惜みて

黄菊白菊一もとは赤もあらまほし

年々や菊に思はん思はれん

稲の花

南無大師石手の寺よ稲の花

遠望

稲の花今出の海の光りけり

稲

法隆寺

稲の雨斑鳩寺《いかるがでら》にまうでけり

帰京

稲の秋命拾ふて戻りけり

秋植物雑

古簑や芒《すゝき》の小雨萩の露

柿に照り蕎麦に雨ふる畠哉

秋二月故山に病をやしなひ今去るにのぞんで

せわしなや桔梗に来り菊に去る

冬

小春　病む人の病む人をとふ小春哉

病中

寝るやうつゝ小春の蝶の影許《ばか》り

新嘗祭

初冬　菊の香や月夜ながらに冬に入る

師走　気楽さのまたや師走の草枕

年末　行く年や茶番に似たる人のさま

漱石虚子来る

大三十日　漱石が来て虚子が来て大三十日《おほみそか》

寒さ　又例の羅漢の軸の寒さ哉

冬時候雑　冬や今年我病めり古書二百巻

奈良

煤払　千年の煤もはらはず仏だち

火燵　老はものゝ恋にもうとし置《おき》火《ご》燵《たつ》

冬籠　雲のぞく障子の穴や冬ごもり

唐《から》の春奈良の秋見て冬ごもり

時雨　塩鯛の塩ほろ〳〵と時雨かな

病中

しぐるゝや腰湯ぬるみて雁の声

凩　凩や雲吹き落す海のはて

雪　金殿のともし火細し夜の雪

病中

庭の雪見るや厠《かはや》の行き戻り

帰花　なか〳〵に咲くあはれさよ帰り花

冬枯　冬枯や鏡にうつる雲の影

枯薄　枯薄こゝらよ昔不破の関

ことわり書

一此俳句稿はおのれの句を尽く集め類題と為し置きて自ら閲覧のたよりとなす此集に載するもの必ずしも善しと思ふ句に非ず

一他人に類句ありと知る時は之を其句の上に記し置くさりとて他人の句あるにおのれの句をも並立して存せしめんとにはあらず只参考のために抹殺せざるのみ但し他人の類句ありともおのれの句前に出来たる時は之を記さず

一趣向は同じくして言葉の変りたる句を二句以上並べたるあり趣向は前年の句に同じくして言葉の変りたる句を此稿に載せたるあり趣向も言葉も大体は同じくして只其句に結びたる四季の景物ばかり変りたるを両題の下に記したるあり此等の句は並び存せんとの意に非ず只参考のために又は両句の優劣を判じかねたるために暫く其一を抹殺せざるのみ

一明治廿五六七年の俳句稿は冬季を分ちて「はじめの冬」「をはりの冬」となせり「はじめの冬」は一月一日より二月立春に至る迄を言ひ（新年の句を除く）「をはりの冬」は十一月立冬より十二月三十一日に至る迄を言ふ此巻単に冬となす復た前後を区別せず

一四季に属する景物の規定は総て旧習に従ふ蓋し索引に便なるが為めなり故に

太陽暦七月にものしたる七夕魂祭の句も秋季に編入せり

一二月三月等の月名は多く太陽暦の意にて用ゐたり（こは自ら穏かならずと信ず）但し正月と師走とに限り年始及び歳暮の意に用ゐたり（これも穏かならざる処あり）故に正月と師走とは陰陽両暦いづれに見ても可なり

一名所の句は必ずしも実際に遭遇して作りたるに非ず或は記憶の喚起によりて成り或は一部の想像によりて成り或は全部の想像によりて成る況《ま》して其他の句をや

明治二十九年四月十二日夜東京
上根岸鶯横町寓居に於て記す
病子規

此日藤野古白の一周忌に当る

余一月下旬より腰痛みて足立たず三四日前よりやう〳〵杖にすがりて少し許り歩む程になりたるに快極まらず今昨年の俳句稿を浄書し終りて更に心身の豁然《くわつぜん》たるを覚ゆ余未だ死せず

巻五

明治二十九年一月ハ歩行僅カニ出来居リ久松伯凱旋ノ祝宴ニモ連リタリ。

二月ヨリ左ノ腰腫レテ痛ミ強ク只〻横ニ寝タルノミニテ身動キダニ出来ズ、四月初メ僅カニ立ツコトヲ得テ暖日前庭ヲ徜徉《シヤウヤウ》ス、快極マラズ、一日車シテ上野ノ桜ヲ見テ還ル。

夏ノ頃ヨリ毎月草庵ニ俳句小集ヲ催ス、会スル者十人内外。

夏時ハ夕ニ至リテ多少ノ熱ヲ発スルヲ常トス。

五月雨ノ頃板橋、赤羽ニ遊ビ、一宿シテ帰ル。

仲秋ヲ上野元光院ニ賞ス。

秋、諸友ニ伴フテ目黒ニ遊ビ栗飯ヲ喰ヒテ帰ル。快甚。

中山寺ニ詣リ船橋ニ一宿シテ帰ル。

十一月胃痙ヲ病ム、苦甚シ。虚子、碧梧桐更《カハ》ル〳〵来リ看護ス。

十二月某日開花楼ニ平家琵琶ヲ聴ク。

十二月卅一日仮ニ病褥《ビヤウジヨク》ヲ出ヅ。

明治二十九年俳句稿丙申

紀元二千五百五十六年

新年

元日等　釈迦三味線を弄ぶ図に題す
元日は是も非もなくて衆生《しゅじゃう》なり

春

余寒　漂母《へうぼ》我をあはれむ旅の余寒哉
長閑　垂れこめて古人を思ふ春日哉
春日　古城《ふるじろ》になゐふる春の日中かな
朧夜　朧夜や女盗まんはかりごと
暮春　行く春をひとり鼻ひる女かな
雛　雛の影桃の影壁に重なりぬ
春風　欄間には二十五菩薩春の風
春雨　人に貸して我に傘なし春の雨

汐干　釵《かんざし》のぬしを尋ぬる汐干かな

猫恋　内のチヨマが隣のタマを待つ夜かな

病中送人

帰雁　縁端《えんばな》に見送る雁の名残哉

幽居を驚かされて

蛤　蛤《はまぐり》の吐いたやうなる港かな

梅　故人来れり何もてなさん梅の宿

菅笠に題す

散桜　此上に落花つもれと思ふかな

桜　大仏の顔よごれたり山桜

病中

寝て聞けば上野は花のさわぎ哉

連翹　連翹《れんげう》に一《いっ》閑《かん》張《ばり》の机かな

病起小庭をありきまはりて

草萌　萩桔梗撫子なんど萌えにけり
藤　刺繡に倦《う》んで女あくびす藤の花

夏

皐月　晴れんとす皐月の端山《はやま》塔一つ
短夜　短夜やわりなくなじむ小傾城
涼し　もの涼し春日《かすが》の巫《みこ》の眼に惚れた
更衣　更衣《ころもがへ》此頃銭にうとき哉
菖蒲葺　古家に五尺の菖《しやうぶ》かけてけり
鵜飼　いかにしてこよひ乱るゝ鵜《う》縄《なは》哉
昼寝　歌書俳書紛然として昼寝哉
汗　汗ふく親銭数ふる子舟は着きぬ
鮓　鮓《すし》店にほの聞く人の行方かな
　早鮓や東海の魚背戸の蓼《たで》
水飯　僧来ませり水飯なりと参らせん

五月雨　五月雨や大木並ぶ窓の外

夕立　夕立や並んでさわぐ馬の尻

西隣夜毎の三味の音寂として声なし

夏月　妻去りし隣淋しや夏の月

夏野　国道の普請出来たる夏野かな

夏川　夏川のあなたに友を訪ふ日哉

清水　苔清水馬の口籠《くちご》をはづしけり

翡翠　川せみやおのれみめよくて魚沈む

蟬　蟬の声共に吹かるゝ梢かな

漱石新婚、

若葉　蓁々《しんしん》たる桃の若葉や君娶る

夏木立　夏木立幻住庵はなかりけり

牡丹　美服して牡丹に媚びる心あり

宰相の詩会催す牡丹哉

夏　草　夏草の上に砂利しく野道哉

忍恋

蓼　蓼《たで》噛んでひとりこらへる思ひ哉

麦　野の道や童《わらべ》蛇打つ麦の秋

覆盆子　いちご熟す去年《こぞ》の此頃病みたりし

秋

種竹来る

立　秋　秋の立つ朝や種竹を庵の客

二百十日　雲走り雲追ひ二百十日哉

漸　寒　やゝ寒み朝顔の花小《ちさ》くなる

秋　暮　山門をぎいと鎖《とざ》すや秋の暮

夜　長　長き夜や孔明死する三国志

汽車過ぐるあとを根岸の夜ぞ長き

行　秋　悪句百首病中の秋の名残かな

秋時候雑　秋晴れてもの丶煙の空に入る
いのちありて今年の秋も涙かな
花火　月代《つきしろ》や花火のあとの角田《すみだ》川
案山子　あるが中に最も愚なる案山子《かゞし》哉
新酒　酒のあらたならんよりは蕎麦のあらたなれ
天川　北国の庇《ひさし》は長し天の川
稲妻　稲妻に心なぐさむひとやかな
根岸草庵
秋風　庭十歩秋風吹かぬ隈《くま》もなし
野分　路地口を出れば大路の野分哉
野分して上野の鳶の庭に来る
草むらに落つる野分の鴉哉
秋日　にこらいの会堂に秋の日赫たり
元光寺

名月　厓上に月見る声や五六人

恋

月　月に来よと只さりげなく書き送る

秋水　秋の水魚住むべくもあらぬ哉

碧梧桐深大寺の栗を携へ来る

栗　いがながら栗くれる人の誠哉

榎実　榎《え》の実散る此頃うとし隣の子

柿　柿くふや道灌山の婆が茶屋

萩　古庭の萩に銭取る坊主かな

目黒

薄　芒《すゝき》わけて甘藷先生の墓を得たり

芭蕉　日蝕すること八分芭蕉に風起る

縁日の図に

鬼灯　虫売と鬼灯《ほゝづき》売と話しけり

庭前

秋草雑　秋薄《すゝき》中に水汲む小道かな

萩は月に芒《すゝき》は風になる夕

冬

歳暮　行く年を母すこやかに我病めり

堂寒し羅漢五百の眼の光

漱石の松山へ行くを送る

寒さ　寒けれど富士見る旅は羨まし

開花楼に琵琶を聴く

蠟燭の泪《なみだ》を流す寒さ哉

平家を聴く

冴　琵琶冴えて星落来る台《うてな》哉

湯婆　ある時は手もとへよせる湯婆哉

餅搗　餅を搗く音やお城の山かつら

風呂吹

明月和尚百年忌

風呂吹を喰ひに浮世へ百年目

時雨

夕烏一羽おくれてしぐれけり

病中　二句

しぐるゝや蒟蒻《こんにやく》冷えて臍の上

小夜時雨上野を虚子の来つゝあらん

琵琶を聴く

嘈々《さう〱》としぐるゝ音や四つの糸

凩

凩や禰宜《ねぎ》帰り行く森の中

愚庵和尚に寄す

凩の浄林の釜恙《つゝが》なきや

雪

病中雪　一句

いくたびも雪の深さを尋ねけり

障子明けよ上野の雪を一目見ん

霙

雪女旅人雪に埋れけり
棕櫚《しゆろ》の葉のばさり〳〵とみぞれけり

水鳥

水鳥や菜屑につれて二間程

乾鮭

草庵の富貴は越の乾鮭南部の山鳥を贈られて

乾鮭《からざけ》と山鳥とつるす厨《くりや》哉

鰤

灯ともして鰤《ぶり》洗ふ人や星月夜

枯菊

背戸の菊枯れて道灌山近し

病

菊枯れて胴骨痛む主人《あるじ》哉

俳句稿

巻一

明治三十年丁酉

新年の部

門松と門松と接す裏家《うらや》哉

春

（人事）

出て見れば南の山を焼きにけり

（木）

大砲のどろ〳〵と鳴る木の芽哉

根岸名所ノ内

鶯横町塀に梅なく柳なし

（草）

足の立つ嬉しさに萩の芽を検す

山吹や小鮒《こぶな》入れたる桶に散る

夏

（時候）

病中

余命いくばくかある夜短し

（人事）

内閣を辞して薩摩に昼寝哉

病中

夏痩や牛乳に飽きて粥薄し

碧梧桐帰京

団扇《うちは》出して先づ問ふ加賀は能登は如何

送秋山真之米国行

君を送りて思ふことあり蚊帳《かや》に泣く

わが物も昔になりぬ土用干

寄愚庵師

霊山や昼寝の鼾《いびき》雲起る

虫干やけふは俳書の家集の部

（地理）

巡査見えて裸子《はだかご》逃げる青田哉

（動物）

病中即事　二句

蠅打を持て居眠るみとりかな

眠らんとす汝静に蠅を打て

病中

うつら〳〵蚊の声耳の根を去らず

病中

蠅を打ち蚊を焼き病む身罪探し

人寐《い》ねて蛍飛ぶ也蚊帳の中

（木）

林檎くふて又物写す夜半哉

（草）

病中

障子あけて病間《やまひひま》あり薔薇を見る

秋

（時候）

朝寒の撃剣《げきけん》はやる城下哉

（天文）

石ころで花いけ打や墓参《はかまゐり》

根岸名所ノ内

芋阪の団子屋寝たりけふの月

（動物）

書に倦むや蜩《ひぐらし》鳴て飯遅し

雨となりぬ雁《かりがね》声昨夜低かりし

（木）

柿熟す愚庵に猿も弟子もなし

愚庵より柿をおくられて

御仏に供へあまりの柿十五

ある日夜にかけて俳句函の底を叩きて

三千の俳句を閲《けみ》し柿二つ

（草）

本尊は阿弥陀菊咲いて無住なり

清女が簾かゝげたるそれは雲の上の御事これは
根岸の隅のあばらやに親一人子二人の侘住居

いもうとが日覆《ひおひ》をまくる萩の月

根岸雑咏ノ内

貧しさや葉生姜《はしやうが》多き夜の市

我境涯は

萩咲いて家賃五円の家に住む

送漱石

萩芒《すゝき》来年逢んさりながら

前書あり

萩咲くや生きて今年の望足る

富

百両の蘭百両の万年青《おもと》哉

碧梧桐先づ到る

虚子を待つ松蕈《まつたけ》鮓《ずし》や酒二合

冬

（時候）

皇太后陛下御病気

この寒さ神だちも看とり参らせよ

碧梧桐天然痘にかゝりて入院せるに遣す

寒からう痒《かゆ》からう人に逢ひたからう

草庵

冬さびぬ蔵沢の竹明月の書

フランスの一輪ざしや冬の薔薇

（人事）

戸を叩く女の声や冬籠

冬帽の我土耳其《トルコ》といふを愛す

芭蕉忌の下駄多き庵《いほ》や町はづれ

声涸れて力無き嫗の朝な〳〵に呼び来る納豆の辛き世こそ思ひやらるれ

豆腐屋の来ぬ日はあれど納豆売

（天文）

大雪になるや夜討も遂に来ず

（動物）

老僧は人にあらず乾鮭《からざけ》は魚に非ず

お長屋の老人会や鯨汁《くじらじる》

（草）

根岸の草庵に故郷の緋蕪をおくられて

緋の蕪《かぶ》の三河嶋菜《みかはしまな》に誇つて曰く

明治三十一年俳句未定稿

新年

めでたさも一茶位や雑煮餅

春

（時候）

春古りし三味線箱の題詩哉

（動物）

藍壺《あゐつぼ》に泥落したる燕哉

（木）

我病んで花の発句もなかりけり

（草）

山吹の花くふ馬を叱りけり

夏

（時候）

角田川辺

金持は涼しき家に住みにけり

（人事）

老車夫の汗を憐む酒手哉

祇園会《ぎをんゑ》や二階に顔のうづ高き

破れ易し人のかたみの夏羽織

（動物）

蛇のから瀧を見ずして返りけり

新聞

蚤《のみ》とり粉の広告を読む牀《とこ》の中

（木）

向嶋

葉桜や昔の人と立咄《たちばなし》

（草）

病僧や杜若《かきつばた》剪《き》る手のふるへ

秋

（時候）

汽車の窓に首出す人や瀬田の秋

（人事）

正倉院

風入《かざいれ》や五位の司《つかさ》の奈良下り

掃溜《はきだめ》に捨てずもがなの団扇哉

（天文）

野分して蟬の少きあした哉

琵琶一曲月は鴨居に隠れたり

（動物）

螽《いなご》焼く爺の話や嘘だらけ

（木）

碁

淋しげに柿くふは碁を知らざらん

師の坊に猿の持て来る木実哉

（草）

荻吹くや崩れそめたる雲の峰

観月会準備

湯治二十日山を出づれば稲の花

同観月会

夕飯は芋でくひけり寺男

琵琶聴くや芋をくふたる皃《かほ》もせず

俳諧の自然といふことを

合点ぢや萩のうねりの其事か

冬

時候

行く年の御幸を拝む狂女哉

（人事）

鳴雪翁を懐ふ

侃《かん》〳〵も諤《がく》〳〵も聞かず冬籠

芭蕉忌や芭蕉に媚びる人いやし

芭蕉忌や我に派もなく伝もなし

即事

冬籠盥《たらひ》になるゝ小鴨哉

（天文）

雞頭の黒きにそゝぐ時雨かな

（草）

霜枯や狂女に吠ゆる村の犬

明治三十二年

春

（時候）

草庵　二句

雪の絵を春も掛けたる埃哉

蓑掛けし病の牀《とこ》や日の永き

蒲団著て手紙書く也春の風邪

（人事）

二番目の娘みめよし雛祭

母方は善き家柄や雛祭

（地理）

芹《せり》目《め》高《だか》乏しき水のぬるみけり

（草）

喜人見訪

韮《にら》剪《き》つて酒借りに行く隣哉

夏

（人事）

五女ありて後の男や初幟

（草）

林檎くふて牡丹の前に死なん哉

秋

（時候）

舟歌のやんで物いふ夜寒かな

・（木）

胃痛

柿もくはで随問随答を草しけり

（草）

自慙

蘭の花我に鄙《ひ》吝《りん》の心あり

有省

蕃椒《たうがらし》広長舌をちゞめけり

人賤《いや》しく蘭の価を論じけり

冬

（時候）

霜月の梨を田町に求めけり

（人事）

蕪村忌　集る者四十余人

風呂吹の一きれづゝや四十人

木

千駄木《せんだぎ》に隠れおほせぬ冬の梅

巻二

明治三十三年

新年

病牀を囲む礼者や五六人

初曾我や団十菊五左団小団

春

（人事）

皇太子妃冊立

伏して念《おも》ふ雛《ひいな》の如き御契

（木）

鼠骨出獄初メテ来ル

いたはしさ花見ぬ人の痩せやうや

（草）

不可得来ル

仏《ぶつ》を話《わ》す土筆《つくし》の袴剝ぎながら

夏

（人事）

夏《げ》籠《ごもり》や仏刻まむ志

和歌に痩せ俳句に痩せぬ夏男

（天文）

薫風や千山の緑寺一つ

（草）

新婚

糠味噌に瓜と茄子《なすび》の契かな

秋

（時候）

鐘の音の輪をなして来る夜長哉

冬

（人事）

信州の人某々来りて俳句のつくりやうを問ふ俳句は即景をよむべしといふことを即事

信州の人に訪はれぬ冬籠

芭蕉忌や我俳諧の奈良茶飯

（天文）

雞頭やこたへ〳〵て幾時雨《いくしぐれ》

（動物）

月渓がかける蕪村の像の写しを見て

乾鮭《からざけ》に目鼻つけたる御姿

（草）

冬牡丹頼み少く咲にけり

明治三十四年

新年

自題小照

大三十日《おほみそか》愚なり元日猶愚なり

春

（時候）

毎日の発熱毎日の蜜柑此頃の蜜柑は稍腐りたるが旨き

春深く腐りし蜜柑好みけり

（木）

上野は花盛学校の運動会は日毎絶えざる此頃の庵の眺

松杉や花の上野の後側

夏

(動物)

瀧迄は行かで返りぬ蛇の衣

秋

(時候)

即事

母と二人いもうとを待つ夜寒かな

病牀

瘦骨をさする朝寒夜寒かな

(天文)

即事

いもうとの帰り遅さよ五日月

(動物)

秋の蚊のよろ〳〵と来て人を刺す

（草）

家人の秋海棠を剪らんといふを制して

秋海棠に鋏をあてること勿れ

草木国土悉皆成仏

糸瓜《へちま》さへ仏になるぞ後るゝな

秀調死せしよし

悪の利く女形なり唐辛子

冬

（時候）

朝な〳〵粥くふ冬となりにけり

明治三十五年

はじめの冬

（人事）

君を呼ぶ内証話や鮟《あん》鱇《こ》汁《じる》

室外（病牀口吟）二句

隣住む貧士に餅を分ちけり（憶鼠骨）

烏《ゑ》帽《ぼ》子《し》着よふいご祭のあるじ振（憶秀真《ほつま》）

（動物）

移居十首のうち

貧をかこつ隣同士の寒《かん》鴉《がらす》

（草）

西陣

冬枯の中に錦を織る処

春

（天文）

鬚《ひげ》剃るや上野の鐘の霞む日に

悼蘇山人

陽炎《かげろふ》や日本の土に殯《かりもがり》

（地理）

下総《しもふさ》の国の低さよ春の水

（木）

千本が一時に落花する夜あらん

母の花見に行き玉へるに

たらちねの花見の留守や時計見る

（草）

律土筆取にさそはれて行けるに

家を出で丶土筆《つくし》摘むのも何年目

法然讃

念仏に季はなけれども藤の花

夏

（時候）

脩《しう》竹《ちく》千《せん》竿《かん》灯漏れて碁の音涼し

夜《や》涼《りやう》如水《みづのごとし》三味《さみ》弾きやめて下り舟

陸前石巻より大鯛三枚氷につめて贈りこしければ

三尺の鯛生きてあり夏氷

自画菓物写生帖の後に

画くべき夏のくだ物何々ぞ

（人事）

草市の草の匂や広小路

遠くから見えし此松氷茶屋

芭蕉

破《やれ》団扇《うちは》夏も一炉の備かな

蕪村

団扇二ツ角《かく》と雪《せつ》とを画きけり

村《そん》と話《わ》す維駒《ゐく》団扇取つて傍《かたほら》に
召波

李斯《りし》伝を風吹きかへす昼寝かな
几董

酒を煮る男も弟子の発句よみ
鬼貫

義仲寺へ乙州つれて夏《げ》花摘
智月

自画菓物帖の後に

画き終へて昼寝も出来ぬ疲れかな

（天文）

梅雨晴や蜩《ひぐらし》鳴くと書く日記

薔薇を剪る鋏の音や五月晴
丈艸

青嵐去来や来ると門に立つ

（動物）

前文略（病牀六尺）

氏祭これより根岸蚊の多き

無事庵久しく病に臥したりしが此頃みまかりぬと聞きて

時鳥《ほとゝぎす》辞世の一句無かりしや

（木）

自画菓物写生帖の後に

病間や桃食ひながら李《すもゝ》画く

（草）

虚子一男一女写真

筍哉《や》虞美人草の蕾哉

箒《ははき》木《ぎ》の四五本同じ形かな

秋

（時候）

草花を画く日課や秋に入る

（天文）

丁堂和尚より南岳の草花画巻をもらひて朝夕手を放さず

病牀の我に露ちる思ひあり

（動物）

薩摩知覧《チラン》の提灯といふを新圃にもらふたり

虫取る夜運座戻りの夜更など

（木）

千里女子写真

桃の如く肥えて可愛や目口鼻

（草）

朝顔や我に写生の心あり

臥病十年

首あげて折々見るや庭の萩

孫生、快生へ（病牀六尺）

断腸花つれなき文の返事かな

病む人が老いての恋や秋茄子《あきなすび》

絶筆　三句

糸瓜《へちま》咲て痰のつまりし仏かな

痰一斗糸瓜の水も間に合はず

をとゝひのへちまの水も取らざりき

正岡子規歌抄

竹乃里歌ヨリ

明治三十一年

古庭の萩も芒も芽をふきぬ病癒ゆべき時は来にけり
朝日さす小池の氷半ば解けて尾をふる鯉のうれしくもあるか
人も来ず春行く庭の水の上にこほれてたまる山吹の花
柁をたえて沖にたゞよふ船の人の死ぬとぞ思ふ念仏高くいふ
夜一夜荒れし野分の朝凪ぎて妹が引き起す朝顔の垣

野分して塀倒れたる裏の家に若き女の朝餉する見ゆ
亡き親の来るとはかりを庭の石にひとりひさまつき麻の殻を焚く
金槐和歌集を読む
試みに君の御歌を吟ずれば堪へずや鬼の泣く声聞ゆ
病中
萱の根の長き春日を端居して花無き庭をながめくらしつ
同
我庭の小草萌えいでぬ限りなき天地今やよみかへるらし
金州
乞食の子汝に物問はん汝か父も乞食か父の父も乞食か
小鮒取る童べ去りて門川の河骨の花に目高群れ行く
露国に行く人に
おろしやの鷲の巣多き山こえていつくに君は行かんとすらん
根岸

故さとに我に五反の畑あらば硯を焚きて麦うゑましを
潮早き淡路の瀬戸の海狭み重なりあひて白帆行くなり

病中対鏡

昔見し面影もあらず衰へて鏡の人のほろ〳〵と泣く

金州戦後

山陰に家はあれとも人住まぬ孤村の柳緑しにけり

金州従軍中作

遼東のたゝかひやみて日の本の春の夜に似る海棠の月

金州城外三崎山

三崎に君が御魂を弔へば鵲《かささぎ》立ちて北に向きて飛ぶ

有感

ものゝけの出るてふ家に人住みて笑ふ声する春の夜の雨
飛び上る雲雀の声の空に消えて天つ御神の音つれもなし
遠近に菜の花咲きて朝日さす榛の木かくれ群れて畑を打つ

野の末の山には残る雪もなし芹流れこす春の川水

解けそむる野川の春の水浅み泥《ど》鰌《ぢやう》隠れつ古草の根に

いくさ過きて人なき村を来て見れは鵲すくふ道のへの木に

夏

故郷の梅の青葉の下陰に衣浣ふ妹の面影に立つ

わが庭の垣根に生ふる薔薇の芽の莟ふくれて夏は来にけり

げん〳〵の花猶残る庭の隅に枇杷のこ苗のいかつ若葉出す

鉢二つ紫こきはをだまきか赤きは花の名を忘れけり

緑立つ庭の小松の梢より上野の杉に鳶の居る見ゆ

時鳥鳴く山の端に月落ちて塔ほの見ゆる明方の杜

夏なから藤咲く山の山道を山郭公聞きつゝぞ行く

時鳥只一声に夜は明けてほのかに青し江の上の山

高荷負ふ旅商人のむれこゆる越の深山は若葉しにけり

妹とわが昔遊びしあつまやは若葉こもりて行く人もなし

若葉さす市の植木の下陰に金魚あきなふ夏は来にけり
旅にして若葉の原を朝行けは空晴れわたり風袖を吹く
道のへに捨てし刈藻の葉かくれに蛍光りて小雨ふるなり
佗びて住む根岸の伏屋野を近み蛍飛ぶなり庭のくれ竹
旅にして道に迷ひぬ日は暮れぬ蛍飛びかふ広沢の闇
夕月の光乏しみ軒の端をほのめかしても飛ぶ蛍かな
尋ね来し古きわたりの柳陰人無き舟に蛍飛ぶなり
大磯の磯わにさわぐ白波の白裳著たるは都少女か
南風いたく吹く日は波を高み須磨の浦わに潮あみかねつ
薄色の潮あみ衣風になひき小磯に帰る妹今日も見つ
蟬の鳴く椎の老樹の木のうれに半ば見えたる夏雲の峰
峰となり岩と木となり獅子となり変化となりて動く夏雲
海原に立つ雲の峰風をなみ群る丶白帆の上をはなれず
雲の峰野末に立てば道の辺の濁れる水を掬ぶ旅人

病中夢

うれしくものほりし富士のいたゞきに足わなゝきて夢さめんとす
亡き友とありし昔をかたらひて泣かんとすれは夢さめにけり
おそろしきものは小道のきはまりてあとより牛の追ひせまる夢
おそはれし宵寐の夢の驚けば薬まゐれとみとり女のいふ
陸を行き雲居をかける夜半の夢のさむればもとの足なへにして
昔見し須磨の松原思へとも夢にも見えず須磨の松原
われ昔学びのわざのにぶくして叱られしことぞ夢に見えつる
うたゝ寐のうたゝ苦しき夢さめて汗ふき居れば薔薇の花散る

閑適

簾捲く檐端《のき》の山の永き日を雲も起らず昼静かなり
釣垂れて魚餌につかず蜻蛉《カゲロフ》のとまりては飛ぶ河骨の花
辿り行く道窮りて彳《たゝず》めば木のくれしげみ白き花散る
里遠き門に車の音もなし昼寐の床に散る椶櫚《しゆろ》の花

仰むけに竹の簀の子に打臥して背ひや〳〵と雲の行くを見る

七月廿三日車にて角田川べをたどりて

颪起る隅田の川の上げ汐に夕波かづき泳ぐ子らはも
我昔住みにし跡を尋ぬれば桜茂りて人老いにけり
浅草の五重の塔に暮れそめて三日月低し駒形の上に
都路はともし火照らぬ隈もなし夜の埃の立つも知るべく
瓜茄子あきなふ店をめつらしみ車ゆるめて小道より行く
たま〳〵にちいさき花火あがりけり夕涼み舟今や出づらん

故郷を憶ふ

伊佐庭の湯月をとめの手枕に夢や見るらんますらをの友
我昔住みし軒端の老い桜世にいくたびのあるじかへけん
足なへの病いゆてふ伊予の湯に飛びても行かな鷺にあらませは
故郷の御墓荒れけん夏草のゐぬのこ草の穂に出づるまでに

足たゝは

足たゝば箱根の七湯七夜寐て水海の月に舟うけましを
足たゝば不尽の高嶺のいたゝきをいかつちなして蹈み鳴らさましを
足たゝば二荒のおくの水海にひとり隠れて月を見ましを
足たゝば北インヂヤのヒマラヤのエヴェレストなる雪くはましを
足たゝば蝦夷の栗原くぬ木原アイノが友と熊殺さましを
足たゝば新高山の山もとにいほり結びてバナ、植ゑましを
足たゝば大和山城うちめぐり須磨の浦わに昼寐せましを
足たゝば黄河の水をかち渉り華山の蓮の花剪らましを

わか庭

庭もせに昼照草の咲きみちて上野の蟬の声しきるなり
一桶の水うちやめばほろ〳〵と露の玉散る秋草の花
朝な〳〵一枝折りて此頃は乏しく咲きぬ撫子の花
同じ鉢に真白鈍色うちまぜて三つ四つ二つ咲ける朝顔
夏菊の枯るゝ側より葉雞頭の紅深く伸ひ立ちにけり

椎の樹に蜩鳴きて夕日影なゝめに照すきちかうの花

われは

吉原の太鼓聞えて更くる夜にひとり俳句を分類すわれは
富士を踏みて帰りし人の物語聞きつゝ細き足さするわれは
昔せし童遊びをなつかしみこより花火に余念なしわれは
人皆の箱根伊香保と遊ふ日を庵にこもりて蠅殺すわれは
菓物の核を小庭に蒔き置きて花咲き実のる年を待つわれは
世の人は四国猿とぞ笑ふなる四国の猿の子猿そわれは

杜詩新婚別

麻にまとひ蓬にからむ蔦の手の短かれとは我思はなくに
ものゝふにとつく娘を許さんは路のほとりにすつるまされり
一夜たゞ君に契りて暁のあらあわたゞし遠き別れは
君行かば我たゞ一人如何にしてしうとゝよばんしうとめといはん
我せこの君はものゝふものゝふのその妻われも共に行くべく

さりなから君ひとり行け女あらは軍弱しと人もこそいへ
紅粉もつけじ又うすもの丶衣も著じ再び君に逢はん日迄は
空かける鳥さへ雌雄はあるものを我一人君をこひつ丶をらむ

清人に代りて志を述ぶ

天と仰ぐわか大君のためならは火に入る命をしけくもなし
このゆふべたちもとほりて鳴く鴉鳴く声悲しよけくや君は
空かける鳥事とはゞやつこわれ猶世に在りと君に告げこそ
さしなみの大和の国は狭けれと民ゆたか也のりにとるべく
事の成ると否とにあらずよしやわれ死にする命君の国のため
中つ国の民と生れて黄の河の澄めらん御代に逢はでやまめや
国のため命をすてしわが友におくれてあらんわれならなくに
国のため死にする我を日の本のやまとの人よあはれとは見よ

天長節

天の下しらす日の御子その御子のあれまし丶日は常はれにして

槍の穂に御旗なひけて赤阪の青山の野に君いでますも
朝風の吹きくるなへに君が代を歌ふ声聞ゆ学校の方に
草の戸に御姿掛けて菊いけてわが祝ふらくは千代いませとぞ
山里に稲刈る男けふの日を天長節と知らぬ顔なる

明治三十二年

絵あまたひろげ見てつくれる

朝な〳〵竹藪になく鶯の庭の木迄はいまだ来ずけり
雨になく庭の鶯そぼぬれて羽はたきあへす枝移りする
草若き故郷の野に旅寐して昔の事そ夢に見えつる
傘を手にさしもちて春雨の古川浅瀬人かちわたる
ところ〳〵つゝじ花咲く小松原岡の日向にきゞす居る見ゆ
さし向ふ明家の屋根にから猫の眠るも見えて遅き暮かな

法師等も住まずなりぬる山寺の椿の花を折りて帰りつ

垣

霞む日をうてなに上り山を見る山遠くして心はるかなり

みちのくの岩手の牧場草萌えて千里行く馬の子もいはゆなり

歌人に柬《かん》す

明日は君だち来ます天気善くよろしき歌の出来る日であれ

我庵に人集まりて歌詠めは鉢の菫に日は傾きぬ

病牀喜晴

臥しながら雨戸あけさせ朝日照る上野の森の晴をよろこぶ

朝牀に手洗ひ居れば窓近く鶯鳴きて今日も晴なり

たま〳〵に障子をあけてなかむれば空うらゝかに鳥飛びわたる

夢さめて先つ開き見る新聞の予報に晴れとあるをよろこぶ

目をさまし見れば二日の雨晴れてしめりし庭に日の照るうれし

うらゝかにぬくき日和そ野に出でゝ桃咲くを見ん車やとひ来

カナリヤの囀り高し鳥彼れも人わが如く晴を喜ぶ

秀真《ほつま》より奈良茶のたきやうを尋ねこしける返事のはしに

青丹よし奈良の茶飯のたきやうを歌人問はす名をなつかしみ

把栗新婚

鰹節紙に包みて水引に松と薔薇とをくゝりそへて遣る
米なくば共にかつゑん魚あらば片身分けんと此妹此伕
共に泣き共にうたはゞ春の朝秋の夕の淋しくもあらじ
誰も娶りかも娶り君も娶りけり一人娶らぬ吾吾を憐む
君か庭に植ゑは何花合歓の花夕になれば寐る合歓の花
出雲なる結ぶの神は赤き縄を君が衣にいつ結びけん
庭に生ふる蓬が中の恋草は花咲きにけり実や結ぶらん

金槐和歌集を読む

人丸の後の歌よみは誰かあらん征夷大将軍みなもとの実朝
路に泣くみなし子を見て君は詠めり親もなき子の母を尋ぬると

はたちあまり八つの齢を過ぎざりし君を思へば愧ぢ死ぬわれは
世の中に妙なる君の歌をおきてあだし歌人善き歌はあらず
君が歌の清き姿は漫々と緑湛ふる海の底の玉
鎌倉のいくさの君も惜しけれど金槐集の歌の主あはれ

夏　月

遠方に花火の音の聞ゆなり端居に更くる夏の夜の月
庭の内をそゞろありけば月影にほのかに見ゆるひあふきの花
荒磯辺の仮屋の闇に涼み居れば大きなる月海より出でけり
海照す月の光の涼しさに向ひの島へ渡らんと思ふ

内地雑居

世の中に蚤のめをとゝうたはれて妹は肥ゆ〳〵伕は痩せに痩す
荒れまさる庭の面に乱れ伏す芒がもとの撫子の花
　おのが写真を古き新しき取り出だして
いたく痩せし人の姿よ今更になんぢを憐む足なへ男

からを討つ　いくさと共にわれ行くと刀を持ちて写し丶写真

肩なめて写し丶友は今は無し病みさらほひて世に残る吾よ

球及び球を打つ木を手握りてシヤツ著し見れば其時おもほゆ

四年前写し丶吾にくらぶれば今の写真は年老いにけり

夜山越え朝川渉り国見せし昔思へばおとろへたるかな

吾ながら同じ人とは思はれず髷結ひしあり笠きたるあり

かりそめに写し置きしかわが後のかたみと思へば悲しかりけり

蟬

物干の衣の袖に蟬鳴きて昼照草に日は夕なり

夢さめて戸いまだ明けぬ閨の中に蟬鳴く聞ゆ日和なるらし

蟬鳴きて涼しき森の下道を旅行く人の過ぎがてぬかも

椎の木の木末に蟬の声老いてはつかに赤き雞頭の花

道灌山紀行中の歌

芋阪の団子売る店にぎはひて団子くふ人団子もむ人

武蔵野に秋風吹けば故郷の新居の郡の芋をしそ思ふ

仏

火にも焼けず雨にも朽ちぬ鎌倉の裸仏は常仏かも

羯南翁はしめて男子まうけたる喜びに

八千ひろの淵の深きに住む龍の頤にある玉の如き子や

蜂屋といふ柹を

鄙にてはぎをんぼといふ都にて蜂屋ともいふ柹の王はこれ
あちはひを何にたとへん形さへ濃き紅の玉の如き柹

ふもとの新築見に行きて

新しき庭なつかしみ足なへのわれ人の背に負はれつゝ来ぬ
松を植ゑ楓を移し新室の庭のたくみは今成にけり
新室に歌よみをれは棟近く雁かね啼きて茶は冷にけり
松楓昼しつかなる庭の奥にこは清元の三味のね聞ゆ
銀泥のさひてかゝやく三日月の古画の下に菊只二輪

わせ酒のうま酒に酔ふ金時の大盃といふ楓かも
水茎のふりにし筆の跡見ればいにしへ人は善く書きにけり
新しき庭の草木の冬されて水盤の水に埃うきけり

秀真を訪ひし後秀真におくる

牛を割き葱を煮あつきもてなしを喜び居ると妻の君にいへ
我口を触れし器は湯をかけて灰すりつけてみがきたぶべし

時　雨

吉原につゞく大路を見渡せば月明らかに熊手なみくも
提灯の山なす町を行き過きて上野の森は暗く淋しき
色厚く絵の具塗りたる油画の空気ある画をわれはよろこぶ

小石川まで（秀真を訪ふ）

よき人を埋めし跡の墓の石に山茶花散りて掃く人もなし
亡き友の亡きを悲み思ひをれば車の上に涙落ちけり
家と家のあはひの坂を登り行けば広場を前に君の家あり

葉の落ちし桜を見れば春花の咲きのさかりに来さりしも惜し
しき物をあつみうれしみ家のごと股さしのべて物うち語る
洋服の破れたる著て槌持ちて鍛はんとする人形《ガタ》あはれ

明治三十三年

笠

旅行くと都路さかり市川の笠売る家に笠もとめ著つ
菅笠の小笠かふりて下総の市路を行けと知る人もなし
武蔵野のこからししぬぎ旅行きし昔の笠を部屋に掛けたり
さみたれにぬれてもうゝるさをとめの笠の雫のしげくしおもほゆ

茶

冬こもり茶をのみをれは活けて置きし一輪薔薇の花散りにけり
ときは木の樫の木うゑし路次の奥に茶の湯の銅鑼のひゞきて聞ゆ

うま酒三輪のくだまきあらんよりは茶をのむ友と寐て語らんに
夜をこめて物書くわざのくたびれに火を吹きおこし茶をのみにけり
秋の夜を書よみをれば離れ屋に茶をひく音のかすかに聞ゆ

森

上野山夕こえ来れは森暗みけだもの吠ゆるけだものゝ園
鏡なすガラス張窓影透きて上野の森に雪つもる見ゆ
うつせみのひつきを送る人絶えて谷中の森に日は傾きぬ
遠く来てかへり見すれば猶見ゆる谷中の岡の森の上の塔
花に来て遊ひし今日の日もくれて鴉鳴くなり権現の森
義仲が兎を狩りて遊びけん木曾の深山は檜生ひたり
杉むらに白き幟のほの見えて天狗を祭る社ありけり
楢の実をひろひに行けば楢林蓆《むしろ》囲ひてかたゐ住みけり
風強み糸の緒きれて飛ぶ紙鳶《たこ》の森こえて行くゆくへ知らずも
人取りてくらひきといふぬす人の住みにし跡の山陰の森

薬練る山人尋ね入る山にくしき花咲く森の下草
茨さく森の下陰しめはらんわが後の世のおくつきどころ
千はやふる神の木立に月漏りて木の影動くきざはしの上に
蛭の住む森わけ入りて蛭に血を吸はれきといふ蛭物語
品川の沖に舟うけかへり見る愛宕の森は今日もかすめり

藁村人にたのみて黒龍江の石を贈りこしけるに

アムールの川の川原のさゝれ石をひりひてよせし君をおもほゆ

ガラス窓

いたつきの閨のガラス戸影透きて小松の枝に雀飛ぶ見ゆ
朝な夕なガラスの窓によこたはる上野の森は見れと飽かぬかも
冬こもる病の床のガラス戸の曇りぬぐへば足袋干せる見ゆ
病みこもるガラスの窓の窓の外の物干竿に鴉なく見ゆ
常伏に伏せる足なへわがためにガラス戸張りし人よさちあれ
ビードロの駕をつくりて雪つもる白銀の野を行かんとぞ思ふ

ガラス張りて雪待ち居れはあるあした雪ふりしきて木につもる見ゆ

暁の外の雪見んと人をして窓のガラスの露拭はしむ

二月例会席上

陶器

砥部焼の乳の色なす花瓶に梅と椿と共に活けたり

明の人陳元贇が伝へたる尾張の守のお庭焼のもひ

瓶梅

椽側に置きし小瓶に花売がいけてくれたるまばら白梅

草の戸にまつる阿弥陀の御仏に薄紅の梅奉る

紀元節梅

とほつみおやすめらの神か御位に即かす日かしこみ梅いけにけり

日の本の国のはじめを思ひいでゝ其日忘れず梅咲きにけり

文つゞる机の上に梅いけてこの日をいはふ日本新聞社

羯南氏男子を失へるに

淵にすむ龍のあきとの白玉を手に取ると見し夢はさめけり

ある人へ

あら玉の年の三年を臥し、我今日起きて坐りぬうそにはあらず

三月四日例会

もろこしの蘇氏《ウヂ》か書ける石文の石摺の下の水仙の鉢

鎌倉懐古

鎌倉の松葉が谷の道の辺に法を説きたる日蓮大菩薩
鎌倉にわが来て見れは宮も寺も賤の藁屋も梅咲きにけり

牛

牛がひく神田祭の花車花かたもゆらく人形もゆらく
親牛の乳をしほらんと朝行けは飢えて人呼ぶ牛の子あはれ
母牛をうま乳のまんとさわく子を追ひはらひたる人の親の心
春の夜の網代の車きしらせて牛追ふ人の声おほろ也
八千巻の書読み尽きて蚊の如く瘦す〳〵生ける君牛を喰へ

我室

赤紙にいはひ言書き部屋の壁にはれどあもらぬさちはひの神
日の本の陸奥の守より法の王パッパポウロに贈る玉つさ
花の絵を我に残し、山の井の浅井の君はスエス行くらん
草枕旅路さふしくふる雨に菫咲く野を行きし時の蓑
蕗の花うゑし小鉢のかたはらに取りみたしたる俳書歌書字書
まだ浅き春をこもりしガラス戸に寒き嵐の松を吹く見ゆ

艶麗体

山の池の水際におふる篠《シヌ》の群の死ぬとも君に逢はんとそ思ふ

四月一日例会十題

久方の天つ少女が住むといふ星の都に行かんとぞ思ふ
萓の根の長き春日を言問はぬ小鳥と我と只向ひ居り

獄中の鼠骨を憶ふ

天地に恥ぢせぬ罪を犯したる君麻縄につなかれにけり

みやこべのまかねの人屋広ければ君を容れけりぬす人と共に
くろかねの人屋の飯の黒飯もわが大君のめぐみと思へ
人屋なる君を思へば真昼餉の肴の上に涙落ちけり
ある日君わが草の戸をおとつれて人屋に行くと告げて去りけり
三とせ臥す我にたぐへてくろかねの人屋にこもる君をあはれむ

碧梧桐ノ帰郷ヲ送ル

東路の都の花の真盛りをしまらく君と別れてあらん

桜　花

桜さく御国しらすと百敷の千代田の宮に神ながらいます
御城のもとのいやしき民は桜さく上野の園に出でゝし遊ぶ
黄金塗り丹ぬり青ぬる御霊屋の鳥居うつめて花さきにけり
御魂屋の杉の林の陰にさく老い朽ち桜花の乏しき
桜さく上野の岡ゆ見おろせば根岸の里に柳垂れたり
雨にして上野の山をわがこせば幌のすき間よ花の散る見ゆ

岡の上に天凌き立つ御仏の御肩にかゝる花の白雲
人むるゝ花の林を行き過ぎて杉の木の間に鳥の音聞ゆ
咲く花の薄色雲は吾妻橋ゆ梅若丸の塚になひけり
玉川の流を引ける小金井の桜の花は葉ながら咲けり
雨そゝく桜の陰のにはたつみよどむ花あり流るゝ花あり
我宿の山吹咲きて向つ家の一重桜は葉となりにけり
東風俄に吹けば古杉の林の前を花飛びわたる
家へたつ遠の梢に咲く花をいふきまとはし我庭に散る
年長く病みしわたれば花をこひ上野に行けば花なかりけり
小夜ふけて桜か岡をわか行けば桜曇りの薄月の暈
八ちまたのちまたの桜花咲きて都の空は夕曇りせり
春の日の御空曇りて隅田川桜の影はうつらさりけり
くれ竹の根岸の里にかくれたる人を訪ふ日の薄花曇
たま〳〵に病のひまに花見んと端居する日を晴れて曇りぬ

一日一詠

四月廿一日

かな網の鳥籠広みうれしげに飛ぶ鳥見ればわれもたぬしむ

四月廿三日

ともし火の光さしたる壁の上に土人がたの影写りけり

四月廿五日（長塚節より楤の芽を贈り来る）

年の夜のいわしのかしらさすといふたらの木の芽をゆでゝくひけり

四月廿七日

鳥籠のかたへに置ける鉢に咲く薄紫のをだまきの花

四月廿九日（亀戸ニ遊ブ）

広前の御池に垂るゝ藤の花かづらくべくはいまだみじかし

左千夫より牡丹二鉢を贈り来る一つは紅薄くして明石潟と名つけ一つは色濃くして日の扉となつく

草つゝみ病みふせるわが枕辺に牡丹の花のい照りかゝやく

病みふせるわが枕辺に運びくる鉢の牡丹の花ゆれやまず
くれなゐの光をはなつから草の牡丹の花は花の王

庭前即景（四月廿一日作）

山吹は南垣根に菜の花は東堺に咲き向ひけり
くれなゐの二尺伸びたる薔薇の芽の針やはらかに春雨のふる
汽車の音の走り過ぎたる垣の外の萌ゆる梢に煙うづまく
杉垣をあさり青菜の花をふみ松へ飛びたる四十雀二羽
くれなゐの若菜ひろがる鉢植の牡丹の蕾いまだなかりけり
春雨をふくめる空の薄曇山吹の花の枝も動かず
百草の萌えいづる庭のかたはらの松の木陰に菜の花咲きぬ

五月六日例会

高瓶にさせる牡丹のこき花の一ひらちりて二ひらちりぬ
妹が着る水色衣の衣裏の薄色見えて夏は来にけり
かな網のとぐらの下を行く猫に木を飛ひまどひ諸鳥さわぐ

あて人の住める御殿の塀長く椎の梢に鯉ひるがへる
船見せすわが大君の大御前に玉さゝぐらんわたつみの神（観艦式）

東宮御婚儀を祝する歌

おのころや天の柱を、御国の中つ柱と
左ゆ左めぐり、みぎりゆみぎりめぐり
言あげの御言よろしみ、生みませる島の八島を
すめみまの御子つぎ〴〵の、をす国とのらせ給ひし
いひしらず古き神代ゆ、天地の絶ゆる事なく
日と月と照りあふがごと、い並びてをさめ給へば
をの道はたけくあきらけく、めの道はなびかひ従ひ
玉くしげ二つの道を、今もかも日つぎの御子の
みめめすと定めのらせ、日はあれど今日の足り日を
みあひます日のよき日と、八百万千万神の
神はかり告げのまに〳〵、大宮のかしこどころの

大前に真榊そなへ、うたのかみ笛吹きならし
のりとづかさのりとを申し、神契り契りたまへば
宮人はうなねつきぬき、司等は膝折りふせ
言のきはみほぎ言ほぎ、品をつくし品たてまつる
とつ国のおほやけ使、彼皆も広ぬかつきて
言さやぐよごとまをせば、賤しけど御民我等も
旗かゝげ門に灯ともし、千世ませとあがいはへば
天地も答へて呼びぬ、八千世ませとあがことほげば
草も木も共にとよみぬ、君が代の栄ゆるさがと
紫の色なつかしみ、藤波の花かづらきて
をし鳥の袖うちかはし、歌ひ舞ひ賤もたぬしむ
文字もなき賤にしあれど、めをの道はやも

○

すめろぎのみ子のみことと大み女と玉串さゝげ神契ります

さす竹の宮人祝ふ今日の日に藤をかざして民もよろこぶ
くれなゐと真白と並び咲く花の牡丹も君をことほぐが如し

藤　花

百花の千花を糸につらぬける藤の花房長く垂れたり
広前の池の水際にしだれたる藤の末花鬘にさやりぬ
公達がうたげの庭の藤波を折りてかざゝば地に垂れんかも
吾妹子が心をこめて結びにし藤波の花解かまくをしも
吾妹子が手馴の琴の糸の緒と長さあらそふ藤波の花

鼠骨入獄談

同じ朝縄許されしぬす人と人屋の門をいでゝ別れぬ
くろかねの人屋の門をいでくれば桃くれなゐに麦緑なり
かげろひのはかなき命ながらへて人屋をいでし君瘦せにけり
はなたれて人屋の門をいでくれば茶屋の女の小手招きすも
春鳥の巣鴨の人屋塀を高み青き麦生の畑も見えなくに

ホト、ギス

サミタレノ闇ノ山道ダ《ママ》ドリ行ク松明消エテ鳴クホト、ギス

ガラス戸ノ外面ニ夜ノ森見エテ清ケキ月ニ鳴クホト、ギス

ホト、ギス其一声ノ玉ナラバ耳輪に《ママ》ヌキテトハニ聞カマシ

ミヅラナル湯津爪櫛ノ一ツ火ノ消エナントシテ鳴クホトゞ《ママ》キス

イニシヘノ人モ聞キケン名ドコロノ古ホト、ギス声嗄《カ》レテ鳴ク

葛城ノミ谷ニ眠ルヰノシ、ノ軒ノ上ニ鳴クホト、ギス

ミヤビヲノツドヘル宵ノムラ雨ニ鳴ケホト、ギス歌幸ヲ得ン

五月雨の雨ふりそゝぐ紫の花あやめ田に鳴くほとゝきす

煙

都べの愛宕の山に、のぼり立ち国原見れば
大家に煙ふとしり、小家には細くなびかひ
十よろづの竈ことゞ〵、燃ゆる火の消ゆる事なく
いや日けにさか行く御代に、あひし我かも

そらたきの伽羅の煙は瓶にさす椿の花をめぐりてなびく

おくつきにそなへし花の古花を集めて焼けば青煙立つ
春花の色に匂へる吾妹子は空の煙と立ち上りけり
もみぢ葉の過ぎにし人を火にはふる月夜さやけみ煙は惑ふ
（天水のよりあひのきはみ煙立つ見ゆ
（吾妹子を載せたる船の今か来らしも
（おしてるや難波入江に風南吹き
（空に立つ千筋の煙片なびきすも

六月七日夜

ガラス戸ノ外ニ据ヱタル鳥籠ノブリキノ屋根ニ月映ル見ユ
紙ヲモテラムプオホヘバガラス戸ノ外ノ月夜ノアキラケク見ユ
夜ノ床ニ寐ナガラ見ユルガラス戸ノ外アキラカニ月フケワタル
小庇ニカクレテ月ノ見エザルヲ一目ヲ見ントヰザレド見エズ
ガラス戸ノ外ノ月夜ヲナガムレドラムプノ影ノウツリテ見エズ
照ル月ノ位置カハリケム鳥籠ノ屋根ニ映リシ影ナクナリヌ

ホトヽギス鳴クニ首アゲガラス戸ノ外面ヲ見レバヨキ月夜ナリ
月照ス上野ノ森ヲ見ツヽアレバ家ユルガシテ汽車行キ返ル

宇治川

ぬは玉の黒毛の駒の太腹に雪解の波のさかまき来る
飛ぶ鳥の先を争ふものゝふの鎧の袖に波ほど《ママ》ばしる
宇治川の早瀬よこぎるいけじきの馬の立髪浪こえにけり
橋の小島が崎のかなたよりいかけ引きかけ武者二騎来る
ものゝふのかためきびしき宇治川の水嵩まさりて橋なかりけり

風

向ツ尾ノ杉ノ梢ニ居ル鳶ノフミドタワヽニ風吹キユスル
日和風ソヨ吹キ過ギテ若松ノムラ立チ青芽ムラ〳〵動ク
アリナシノ風カ過ギケン椎ノ葉ノ若葉三葉四葉動キテヤミヌ
ガラス戸ニ音スル夜ノ風荒レテ庭木ノ梢ユレサワグ見ユ
杉垣ノ垣外ニ見ユル若竹ノ末葉マバラニ風吹キワタル

白玉ノ真白サ、花吸フ蝶ノ吹キマドハサエ又飛ビ返ル

星

真砂ナス数ナキ星ノ其中ニ吾ニ向ヒテ光ル星アリ
タラチネノ母ガナリタル母星ノ子ヲ思フ光吾ヲ照セリ
玉水ノ雫絶エタル檐ノ端ニ星カ、ヤキテ長雨ハレヌ
久方ノ雲ノ柱ニツル糸ノ結ビ目解ケテ星落チ来ル
空ハカル台ノ上ニ登リ立ツ我ヲメクリテ星カ、ヤケリ
久方ノ空ヲハナレテ光リツ、飛ビ行ク星ノユクヘ知ラスモ

格堂ガ平賀元義ノ歌送リコシケル返リ事ニ

上ニシテ田安宗武下ニシテ平賀元義歌ヨミ二人
血ヲハキシ病ノ床ノツレ〴〵ニ元義ノ歌見レバタノシモ

秋水ガ仏足石ノ碑ノ石摺贈リコシケル返リ事ニ戯レニ我手ノ形ヲオシテ送ル

御仏ノ足ノアトカタ石ニ彫リ歌モ彫リタリ後ノ世ノタメ

我手形紙ニオシツケ見テアレド雲モ起ラズタヾ人ニシテ

菊

朝ながめ夕ながめして我庭の菊の花咲く待てば久しも
年々にながめことなる我庭の今年の秋は菊多かりき
カラス戸の外に咲きたる菊の花雨に風にも我見つるかも
我庭にさける黄菊の一枝を折らまくもへと足なへわれは
我心いふせき時はさ庭への黄菊白菊我をなくさむ
我うさをなこめてさける菊の花絵にし写して壁にかけてん
我庭にさかりにさける菊の花折りてかさゝむ人もあらなくに

雪

足なやみて室にこもれと寒き此朝
　北にある毛の国山に雪ふるらしも
若松の梢の雪も見れとあかねと
　柳なす山吹の枝につめるおもしろ

カラス戸の外白妙におしてれる雪
　小夜ふけて上野の森のあきらかに見ゆ

いましめの司等門の雪はけといふ
　雪はけと女力の掃かてぬかも

常無きは干潟の岩にふれる雪かも
　汐満つと波の来よらは消えさらめやも

大君の御言かしこみ雪の中の竹
　百敷の大宮人は哥よむらしも

新玉の年の緒白く大雪ふれり
　八束穂の瑞穂の垂穂田に満らんか

新　年

うつせみの我足痛みつこもりをうまいは寐すて年明にけり
枕への寒さはかりに新玉の年ほき縄をかけてほくかも
いたつきの長き病はいえねとも年の始とさける梅かも

竹乃里歌拾遺

明治三十二年

十四日、オ昼スギヨリ、歌ヲヨミニ、ワタクシ内へ、オイデクダサレ
風呂敷ノ包ミヲ解ケバ驚クマイカ土ノ鋳形ノ人ガ出タ〳〵

十月十四日中村不折ノ住処ヲ問ヒヤリタル芳雨へ
折レ曲リ折レマガリタル路地ノ奥ニ折レズトイヘル画師ハスミケリ
世の歌はたくみの末に傾きて人丸赤人また出でずけり
幾年の長き病のなぐさめに蜜柑もらひて年暮れんとす

明治三十三年

飄亭と鼠骨と虚子と君と我と鄙鮓くはん十四日夕

青畳青色あせし我庵に君がめぐみのくらしゝの皮

我庭の萩の上葉に秋風の吹くらん時を待てばくるしも

小車の車ゆらゝに見て過ぐる垣内の梅の実豆の如し

くろかねの橋の上つ瀬下つ瀬にむしろ帆群れて川さかのぼる

たて川の茅場の庵を訪ひ来れば留守の門辺に柳垂れたり

御社の藤の花房長き日をはりこづくりの亀が首ふる

つゝみある身のさかしらに遠く来てそゞろに寒き藤の下風

げん〳〵の花咲く原のかたはらに家鴨飼ひたるきたなき池あり

絵を見るに猶しおもほゆ三吉野の吉野の山の花のあけほの

茶博士が住みける庭の松の木に棒をくゝりて押しかたむけあり

故佐々木先生十年祭に懐旧といふ題にて

世の中に歌学全書を広めたる功にむくいむ五位のかゞふり

草庵即景

二荒の山のもみぢを白瓶の小瓶にさして臥しながら見る

明治三十四年

あら玉の年のはじめの七草を籠に植ゑて来し病めるわがため

夕餉したゝめ了りて仰向に寝ながら左の方を見れば机の上に藤を活けたるいとよく水をあげて花は今を盛りの有様なり。艶にもうつくしきかなとひとりごちつゝ、そゞろに物語の昔などしぬばるゝにつけてあやしくも歌心なん催されける。斯道には日頃うとくなりまさりたればおぼつかなくも筆を取りて

瓶にさす藤の花ぶさみじかければたゝみの上にとゞかざりけり
瓶にさす藤の花ぶさ一ふさはかさねし書の上に垂れたり
藤なみの花をし見れば奈良のみかど京のみかどの昔こひしも
藤なみの花をし見れば紫の絵の具取り出で写さんと思ふ
藤なみの花の紫絵にかゝばこき紫にかくべかりけり
瓶にさす藤の花ぶさ花垂れて病の牀に春暮れんとす
去年の春亀戸に藤を見しことを今藤を見て思ひいでつも

くれなゐの牡丹の花にさきだちて藤の紫咲きいでにけり

この藤は早く咲きたり亀井戸の藤咲かまくは十日まり後

八入折の酒にひたせばしをれたる藤なみの花よみがへり咲く

おだやかならぬふしもありがちながら病のひまの筆のすさみは日頃稀なる心やりなりけり。をかしき春の一夜や

病室のガラス障子より見ゆる処に裏口の木戸あり。木戸の傍、竹垣の内に一むらの山吹あり。此山吹もとは隣なる女の童の四五年前に一寸許りの苗を持ち来て戯れに植ゑ置きしものなるが今ははや縄もてつがぬる程になりぬ。今年も咲き〳〵て既になかば散りたるけしきをながめてうたゝ歌心起りければ原稿紙を手に持ちて

裏口の木戸のかたへの竹垣にたばねられたる山吹の花

小縄もてたばねあげられ諸枝の垂れがてにする山吹の花

水汲みに往来の袖の打ち触れて散りはじめたる山吹の花

まをとめの猶わらはにて植ゑしよりいく年経たる山吹の花

歌の会開かんと思ふ日も過ぎて散りがたになる山吹の花
我庵をめぐらす垣根隈もおちず咲かせ見まくの山吹の花
あき人も文くばり人も往きちがふ裏戸のわきの山吹の花
春の日の雨しき降ればガラス戸の曇りて見えぬ山吹の花
ガラス戸のくもり拭へばあきらかに寐ながら見ゆる山吹の花
春雨のけならべ降れば葉がくれに黄色乏しき山吹の花

粗笨鹵莽、出たらめ、むちやくちや、いかなる評も謹んで受けん。吾は只歌のやす〳〵と口に乗りくるがうれしくて。

しひて筆を取りて

佐保神の別れかなしも来ん春にふたゝび逢はんわれならなくに
いちはつの花咲きいでゝ我目には今年ばかりの春行かんとす
病む我をなぐさめがほに開きたる牡丹の花を見れば悲しも
世の中は常なきものと我愛づる山吹の花散りにけるかも
別れゆく春のかたみと藤波の花の長ふさ絵にかけるかも

夕顔の棚つくらんと思へども秋待ちがてぬ我いのちかも
くれなゐの薔薇ふゝみぬ我病いやまさるべき時のしるしに
薩摩下駄足にとりはき杖つきて萩の芽摘みし昔おもほゆ
若松の芽だちの緑長き日を夕かたまけて熱いでにけり
いたつきの癒ゆる日知らにさ庭べに秋草花の種を蒔かしむ

心弱くとこそ人の見るらめ。

岩手の孝子何がし母を車に載せ自ら引きて二百里の道を東京迄上り東京見物を母にさせけるとなん。事新聞に出で、今の美談となす。

たらちねの母の車をとりひかひ千里も行かん岩手の子あはれ
草枕旅行くきはみさへの神のいそひ守らさん孝子の車
みちのくの岩手の孝子名もなけど名のある人に豈劣らめや
下り行く末の世にしてみちのくに孝の子ありと聞けばともしも
世の中のきたなき道はみちのくの岩手の関を越えずありきや

春雨はいたくなふりそみちのくの孝子の車引きがてぬかも

みちのくの岩手の孝子文に書き歌にもよみてよろづ代迄に

世の中は悔いてかへらずたらちねのいのちの内に花も見るべく

うちひさす都の花をたらちねと二人し見ればたぬしきろかも

われひとり見てもたぬしき都べの桜の花を親と二人見つ

五月五日にはかしは餅とて槲の葉に餅を包みて祝ふ事いづこも同じさまなるべし。昔は膳夫をかしはでと言ひ歌にも「旅にしあれば椎の葉に盛る」ともあれば食物を木の葉に盛りし事もありけんを、今の世に至りて猶五日のかしは餅ばかり其名残をとゞめたるぞゆかしき。かしは餅の歌をつくる。

椎の葉にもりにし昔おもほへてかしはのもちひ見ればなつかし

白妙のもちひを包むかしは葉の香をなつかしみくへど飽かぬかも

うま人もけふのもちひを白かねのうつはに盛らずかしは葉に巻く

九重の大宮人もかしはもち今日はをすかも賤の男さびて

常にくふかくのたちばなそれもあれどかしはのもちひ今日はゆかしも

みどり子のおひすゑいはふかしは餅われもくひけり病癒ゆかに

色深き葉広がしはの葉を広みもちひぞつゝむいにしへゆ今に

今になりて思ひ得たる事あり、これ迄余が横臥せるに拘らず割合に多くの食物を消化し得たるは咀嚼の力与つて多きに居りし事を。嚙みたるが上にも嚙み、和らげたるが上にも和らげ、粥の米さへ嚙み得らるるだけは嚙みしが如き、あながち偶然の癖にはあらざりき。斯く嚙み〳〵たるためにや咀嚼に最必要なる第一の臼歯左右共にやう〳〵傷はれて此頃は痛み強く少しにても上下の歯をあはす事出来難くなりぬ。かくなりては極めて柔かなるものも嚙まずに呑み込まざるべからず。嚙まずに呑み込めば美味を感ぜざるのみならず、腸胃直に痛みて痙攣を起す。是に於て衛生上の営養と快心的の娯楽と一時に奪ひ去られ、衰弱頓に加はり昼夜悶々、忽ち例の問題は起る「人間は何が故に生きて居らざるべからざるか」

さへづるやから臼なす、奥の歯は虫ばみけらし、はたつ物魚をもくはえず、木の実をば嚙みても痛む、武蔵野の甘菜辛菜を、粥汁にまぜても煮ねば、いや日けに我つく息の、ほそり行くかも

下総の結城の里ゆ送り来し春の鶉をくはん歯もがも

菅の根の永き一日を飯もくはず知る人も来ずくらしかねつも

根岸に移りてこのかた、殊に病の牀にうち臥してこのかた、年々春の暮より夏にかけてほとゝぎすといふ者の声しば〳〵聞きたり。然るに今年はいかにしけん夏も立ちけるにまだおとづれず。剝製のほとゝぎすに向ひて我思ふところを述ぶ。此剝製の鳥といふは何がしの君が自ら鷹狩に行きて鷹に取らせたるを我ために斯く製して贈られたる者ぞ。

龍岡に家居る人はほとゝぎす聞きつといふに我は聞かぬに

ほとゝぎす今年は聞かずけだしくも窓のガラスの隔てつるかも

逆剝に剝ぎてつくれるほとゝぎす生けるが如し一声もがも

うつ抜きに抜きてつくれるほとゝぎす見ればいつくし声は鳴かねど

置物とつくれる鳥は此里に昔鳴きけんほとゝぎすかも

ほとゝぎす声も聞かぬは来馴れたる上野の松につかずなりけん

ほとゝぎす鳴くべき月はいたつきのまさるともへば苦しかりけり

喜節見訪

下ふさのたかし来れりこれの子は蜂屋大柿我にくれし子

しもふさの節はよき子これの子は虫くひ栗をあれにくれし子

春ことにたらの木芽をおくりくる結城のたかしあれは忘れす

明治三十五年

くれなゐの梅ちるなへに故郷につくしつみにし春し思ほゆ

鉢植の梅はいやしもしかれとも病の床に見らく飽かなく

春されば梅の花咲く日にうとき我枕への梅も花咲く

枕へに友なき時は鉢植の梅に向ひて歌考へつゝ

梅の花見るにし飽かず病めりとも手震はすは画にかゝましを

京の人より香菫の一束を贈り来しけるを

玉つさの君の使は紫の菫の花を持ちて来しかも

君か手につみし菫の百菫花紫の一たはねはや
やみてあれは庭さへ見ぬを花菫我手にとりて見らくうれしも
うち日さす都の君の送り来し菫の花はしをれてつきぬ
玉透のガラスうつはの水清み香ひ菫の花よみかへる
わかやとの菫の花も香はあれと君か菫の花に及ばぬ
土かひし君が菫は色に香に野への菫に立ちまさりけり
一たひもいまた見なくにわかためにすみれの花をつみし君かも
なくさもるすべもあれとか花菫色あせたれとすてまくをしも
小包を開きて見れは花菫その香にほひてしをれてもあらす
言さへくとつ国種の花菫其香を清み嗅けとあかぬかも
まそ鏡直目に見ねと花菫つみておくりし人し恋しも
碧梧桐赤羽根につくしつみにと再び出てゆくに
赤羽根のつゝみに生ふるつく〳〵しのひにけらしもつむ人なしに
日のくれてつみ残したるつく〳〵し再び往きてつみて来にけり

赤羽根のつゝみにみつるつく〳〵し我妹と二人摘めと尽きぬかも
つく〳〵しひたと生ひける赤羽根にいさ君も往け道しるへせな
赤羽根の汽車行く路のつく〳〵し又来む年も往きて摘まなむ
つく〳〵しつみて帰りぬ煮てやくはんひしほと酢とにひてゝやくはん
つく〳〵し長き短き何もかも老いし老いざる何もかもうまき
つく〳〵し故郷の野につみし事を思ひいてけり異国にして
女らのわりこたつさへつく〳〵しつみにと出る春したのしも

旱の歌　二首

天なるや旱雲湧き、あらかねの土裂け木枯る、青人草鼓打ち打ち、
空ながめ虹もが立つと、待つ久に雨こそ降らめ、しかれども待てる
ひじりは、世にし出ぬかも

旱して木はしをるれ、待つ久に雨こそ降れ、我が思ふおほき聖、世
に出でゝわをし救はず、雨は降れども
おくられものくさ〴〵

一、史料大観（台記、槐記、扶桑名画伝）

このふみをあまし丶人、このふみを、よめとたばりぬ、そをよむと、ふみあけみれば、もじのへに、なみだしながる、なさけしぬびて

一、やまべ（川魚）やまと芋は節より

しもふさの、ゆふきごほりの、きぬ川の、やまべのいをは、はしきやし、見てもよきいを、やきてにて、うまらにをせと、あたらしも、かれの心を、おくりくる、みちにあざれぬ、そをやきて、うまらにくひぬ、うじははへども

そらみつ、やまとのいもは、鳶のねの、とろ丶にすなる、つくいもなるらし

一、やまめ（川魚）三尾は甲州の一五坊より

なまよみの、かひのやまめは、ぬばたまの、夜ぶりのあみに、三つ入りぬ、その三つみなを、わにおくりこし

一、仮面二つ某より

わざをぎの、にぬりのおもて、ひよとこの、まがぐちおもて、世の中の、おもなき人に、かさんこのおもて

一、草花の盆栽一つはふもとより

秋くさの、七くさ八くさ、一はちに、あつめてうゑぬ、きちかうは、まづさきいでつ、をみなへしいまだ

一、松島のつとくさぐ〳〵は左千夫蕨真より

まつしまの、をしまのうらに、うちよする、波のしらたま、そのたまを、ふくろにいれて、かへりこし、うたのきみふたり

歌よみに与ふる書

歌よみに与ふる書

仰《おほせ》の如く近来和歌は一向に振ひ不申《まをさず》候。正直に申し候へば万葉以来実朝以来一向に振ひ不申候。実朝といふ人は三十にも足らでいざ是からといふ処にてあへなき最期を遂げられ誠に残念致し候。あの人をして今十年も活かして置いたならどんなに名歌を沢山残したかも知れ不申候。兎に角に第一流の歌人と存候。強《あなが》ち人丸赤人の余唾《よだ》を舐《ねぶ》るでも無く固《もと》より貫之定家の糟粕《さうはく》をしやぶるでも無く自己の本量屹然として山嶽と高きを争ひ日月と光を競ふ処実に畏るべく尊むべく覚えず膝を屈するの思ひ有之候。古来凡庸の人と評し来りしは必ず誤なるべく北条氏を憚りて韜晦《たうくわい》せし人かさらずば大器晩成の人なりしかと覚え候。人の上に立つ人にて文学技芸に達したらん者は人間としては下等の地に居るが通例なれども実朝は全く例外の人に相違無之候。何故と申すに実朝の歌は只器用といふのでは無く力量あり見識あり威勢あり時流に染まず世間に媚びざる処例の物数奇連中や死に歌よみの公卿達と迚《とて》も同日には論じ難く人間として立派な見識のある人間ならでは実朝の歌の如き力ある歌は詠みいでられまじく候。真淵は力を極めて実朝をほめた人なれども真淵のほめ方はまだ足らぬやうに存候。真淵は実朝の歌の妙味の半面を知りて他の半面を知らざりし故に可有之《これあるべく》候。

真淵は歌に就きては近世の達見家にて万葉崇拝のところ抔《など》当時に在りて実にえらいものに有之候へども生等の眼より見れば猶万葉をも褒め足らぬ心地致候。真淵が万葉にも善き調あり悪き調ありといふことをいたく気にして繰り返し申し候は世人が万葉中の佶屈《きつくつ》なる歌を取りて「これだから万葉はだめだ」など、攻撃するを恐れたるかと相見え申候。固より真淵自身もそれらを善き歌とは思はざりし故に弱みもいで候ひけん。併しながら世人が佶屈と申す万葉の歌や真淵が悪き調と申す万葉の歌の中には生の最も好む歌も有之と存ぜられ候。そを如何にといふに他の人は言ふ迄も無く真淵の歌にも生が好む所の万葉調といふ者は一向に見当不申候。(尤《もつと》も此辺の論は短歌に就きての論と御承知可被下候) 真淵の家集を見て真淵は存外に万葉の分らぬ人と呆れ申候。斯く申し候とて全く真淵をけなす訳にては無之候。楫取魚彦《かとりなひこ》は万葉を模したる歌を多く詠みいでたれど猶これと思ふ者は極めて少く候。左程に古調は擬し難きにやと疑ひ居り候処近来生等の相知れる人の中に歌よみにはあらで却て古調を巧に模する人少からぬことを知り申候。是に由りて観れば昔の歌よみの歌は今の歌よみならぬ人の歌よりも遥に劣り候やらんと心細く相成申候。さて今の歌よみの歌は昔の歌よみの歌よりも更に劣り候はんには如何申すべき。

長歌のみは稍《やや》短歌と異なり申候。古今集の長歌などは箸にも棒にもかゝらず候へども箇様《かやう》な長歌は古今集時代にも後世にも余り流行《はや》らざりしこそもつけの幸と存ぜられ候なれ。されば後世にても長歌を詠む者には直に万葉を師とする者多く従つて可なりの作を見受け申候。今日とても長歌を好んで作る者は短歌に比すれば多少手際善く出来申候。（御歌会派の気まぐれに作る長歌などは端唄《はうた》にも劣り申候）併し或る人は難じて長歌が万葉の模型を離るゝ能はざるを笑ひ申候。それも尤には候へども歌よみにそんなむつかしい事を注文致し候はゞ古今以後殆ど新しい歌が無いと申さねば相成間《ま》敷《じく》候。猶ほいろ〳〵申し残したる事は後鴻《こうこう》に譲り申候。不具。

再び歌よみに与ふる書

貫之は下手な歌よみにて古今集はくだらぬ集に有之候。其貫之や古今集を崇拝するは誠に気の知れぬことなどと申すものゝ実は斯く申す生も数年前迄は古今集崇拝の一人にて候ひしかば今日世人が古今集を崇拝する気味合は能く存申候。崇拝して居る間は誠に歌といふものは優美にて古今集は殊に其粋を抜きたる者とのみ存候ひしも三年の恋一朝にさめて見ればあんな意気地の無い女に今迄ばかされて居つた事かとくやしくも腹立たしく相成候。先づ古今集といふ書を取りて第一枚を開くと直に「去年《こぞ》とやいはん今年とやいはん」といふ歌が出て来る実に呆れ返つた無趣味の歌に有之候。日本人と外国人との合の子を日本人とや申さん外国人とや申さんとしやれたると同じ事にてしやれにもならぬつまらぬ歌に候。此外の歌とても大同小異にて佗《ママ》洒落か理窟ッぽい者のみに有之候。それでも強ひて古今集をほめて言はゞつまらぬ歌ながら万葉以外に一風を成したる処は取餌《ママ》にて如何なる者にても始めての者は珍らしく覚え申候。只之を真似るをのみ芸とする後世の奴こそ気の知れぬ奴には候なれ。それも十年か二十年の事なら兎も角も二百年たつても三百年たつても其糟粕を嘗《な》めて居る不見識には驚き入候。何代集の彼ン代集のと申しても皆古今の糟粕の糟粕の糟粕の糟粕ばかりに御座候。

　貫之とても同じ事に候。歌らしき歌は一首も相見え不申候。嘗《かつ》て或る人に斯く申し候処其人が「川風寒く千鳥鳴くなり」の歌は如何にやと申され閉口致候。此歌ばかりは趣味ある面白き歌に候。併し外にはこれ位のもの一首もあるまじく候。「空に知られぬ雪」とは佗洒落にて候。「人はいざ心もしらず」とは浅はかなる言ひざまと存候。但貫之は始めて箇様な事を申候者にて古人の糟粕にては無之候。詩にて申候へば古今集時代は宋時代にもたぐへ申すべく俗気紛々と致し居候処は迚も唐詩とくらぶべくも無之候得共さりとて其を宋の特色として見れば全体の上より変化あるも面白く宋はそれにてよろしく候ひなん。それを本尊にして人の短所を真似る寛政以後の詩人は善き笑ひ者に御座候。

古今集以後にては新古今稍すぐれたりと相見え候。古今よりも善き歌を見かけ申候。併し其善き歌と申すも指折りて数へる程の事に有之候。定家といふ人は上手か下手か訳の分らぬ人にて新古今の撰定を見れば少しは訳の分つて居るのかと思へば自分の歌にはろくな者無之「駒とめて袖うちはらふ」「見わたせば花も紅葉も」抔が人にもてはやさるゝ位の者に有之候。定家を狩野派の画師に比すれば探幽と善く相似たるかと存候。定家に傑作無く探幽にも傑作無し。併し定家も探幽も相当に練磨の力はありて如何なる場合にも可なりにやりこなし申候。両人の名誉は相如《し》く程の位置に居りて定家以後歌の門閥を生じ探幽以後画の門閥を生じ両家とも門閥を生じたる後は歌も画も全く腐敗致候。いつの代如何なる技芸にても歌の格画の格などゝいふやうな格がきまつたら最早進歩致す間敷候。

香川景樹《かがはかげき》は古今貫之崇拝にて見識の低きことは今更申す迄も無之候。俗な歌の多き事も無論に候。併し景樹には善き歌も有之候。自己が崇拝する貫之よりも善き歌多く候。それは景樹が貫之よりえらかつたのかどうかは分らぬ只景樹時代には貫之時代よりも進歩して居る点があるといふ事は相違無ければ従て景樹に貫之よりも善き歌が出来るといふも自然の事と存候。景樹の歌がひどく玉石混淆である処は俳人でいふと蓼《れう》太《た》に比するが適当と被思《おもはれ》候。蓼太は雅俗巧拙の両極端を具へた男で其句に両極端が現れ居候。且満身の覇気でもつて世人を籠絡《ろうらく》し全国に夥《おびただ》しき門派の末流をもつて居た処なども善く似て居るかと存候。景樹を学ぶなら善き処を学ばねば甚だしき邪路に陥り可申今の景樹派など、申すは景樹の俗な処を学びて景樹よりも下手につらね申候。ちゞれ毛の人が束髪に結びしを善き事と思ひて束髪にゆふ人はわざ〳〵毛をちゞらしたらんが如き趣有之候。こゝの処よくよく濶眼《くわつがん》を開いて御判別可有候。古今上下東西の文学など能く比較して御覧可被成《なさるべく》くだらぬ歌書許り見て居つては容易に自己の迷を醒まし難く見る所狭ければ自分の汽車の動くのを知らで隣の汽車が動くやうに覚ゆる者に御座候。不尽。

三たび歌よみに与ふる書

前略。歌よみの如く馬鹿なのんきなものはまたと無之候。歌よみのいふ事を聞き候へば和歌程善き者は他に無き由いつでも誇り申候へども歌よみは歌より外の者は何も知らぬ故に歌が一番善きやうに自惚《うぬぼれ》候次第に有之候。彼等は歌に尤も近き俳句すら少しも解せず十七字でさへあれば川柳も俳句も同じと思ふ程ののんきさ加減なれば、況《ま》して支那の詩を研究するでも無く西洋には詩といふものが有るやら無いやらそれも分らぬ文盲浅学、況して小説や院本も和歌と同じく文学といふ者に属すと聞かば定めて目を剝《む》いて驚き可申候。斯く申さば讒謗罵詈《ざんばうばり》礼を知らぬしれ者と思ふ人もあるべけれど実際なれば致方無之候。若し生の言が誤れりと思さば所謂歌よみの中より只の一人にても俳句を解する人を御指名可被下候。生は歌よみに向ひて何の恨も持たぬに斯く罵詈がましき言を放たねばならぬやうに相成候心の程御察被下度候。

歌を一番善いと申すは固より理窟も無き事にて一番善い訳は毫《がう》も無之候。俳句には俳句の長所あり、支那の詩には支那の詩の長所あり、西洋の詩には西洋の詩の長所あり、戯曲院本には戯曲院本の長所あり、其長所は固より和歌の及ぶ所にあらず候。理窟は別とした処で一体歌よみは和歌を一番善い者と考へた上でどうする積りにや、歌が一番善い者ならばどうでもかうでも上手でも下手でも三十一文字並べさへすりや天下第一の者であつて秀逸と称せらるゝ俳句にも漢詩にも洋詩にも優りたる者と思ひ候者にや其量見が聞きたく候。最も下手な歌も最も善き俳句漢詩等に優り候程ならば誰も俳句漢詩等に骨折る馬鹿はあるまじく候。若し又俳句漢詩等にも和歌より善き者あり和歌にも俳句漢詩等より悪き者ありといふならば和歌ばかりが一番善きにてもあるまじく候。歌よみの浅見には今更のやうに呆れ申候。

俳句には調が無くて和歌には調がある、故に和歌は俳句に勝れりとある人は申し候。これは強ち一人の論では無く歌よみ仲間には箇様な説を抱く者多き事と存候。歌よみどもはいたく調といふ事を誤解致居候。調にはなだらかなる調も有之、迫りたる調も有之候。平和な長閑《のどか》な様を歌ふにはなだらかなる長き調を用うべく悲哀とか慷慨《かうがい》とかにて情の迫りたる時又は天然にても人事にても景象の活動甚だしく変化の急なる時之を歌ふには迫りたる短き調を用うべきは論ずる迄も無く候。然るに歌よみは調は総てなだらかなる者とのみ心得候と相見え申候。斯《かか》る誤を来すも畢竟従来の和歌がなだらかなる調子のみを取り来りしに因る者にて、俳句も漢詩も見ず歌集ばかり読みたる歌よみには爾《し》か思はるゝも無理ならぬ事と存候。さて〳〵困つた者に御座候。なだらかなる調が和歌の長所ならば迫りたる調が俳句の長所なる事は分り申さゞるやらん。併し迫りたる調強き調などいふ調の味は所謂歌よみには到底分り申す間敷《まじき》か。真淵は雄々しく強き歌を好み候へどもさて其歌を見ると存外に雄々しく強き者は少く、実朝の歌の雄々しく強きが如きは真淵には一首も見あたらず候。「飛ぶ鷲の翼もたわに」などいへるは真淵集中の佳什《かじふ》にて強き方の歌なれども意味ばかり強くて調子は弱く感ぜられ候。実朝をして此意匠を詠ましめば箇様な調子には詠むまじく候。「ものゝふの矢なみつくろふ」の歌の如き鷲を吹き飛ばすほどの荒々しき趣向ならねど調子の強き事は並ぶ者無く此歌を誦《しよう》すれば霰《あられ》の音を聞くが如き心地致候。真淵既に然りとせば真淵以下の歌よみは申す迄も無く候。斯る歌よみに蕪村派の俳句集か盛唐の詩集か読ませたく存候へども驕《おご》りきつたる歌よみどもは宗旨以外の書を読むことは承知致すまじく勧めるだけが野暮《やぼ》にや候べき。

御承知の如く生は歌よみよりは局外者とか素人とかいはるゝ身に有之従つて詳しき歌の学問は致さず格が何だか文法が何だか少しも承知致さず候へども大体の趣味如何に於ては自ら信ずる所あり此点に就きて却《かへつ》て専門の歌よみが不注意を責むる者に御座候。箇様に悪口をつき申さば生を弥次馬連と同様に見る人もあるべけれど生の弥次馬連なるか否かは貴兄は御承知の事と存候。異論の人あらば何人にても来訪あるやう貴兄より御伝へ被下度三日三夜なりともつゞけさまに議論可致候。熱心の点に於ては決して普通の歌よみどもには負け不申候。情激し筆走り候まゝ失礼の語も多かるべく御海容可被下候。拝具。

四たび歌よみに与ふる書

拝啓。空論ばかりにては傍人に解し難く実例に就きて評せよとの御言葉御尤と存候。実例と申しても際限も無き事にていづれを取りて評すべきやらんと惑ひ候へども成るべく名高き者より試み可申候。御思ひあたりの歌ども御知らせ被下度候。さて人丸の歌にかありけん

もののふの八十《やそ》氏川《うぢがは》の網代木《あじろぎ》に
　いざよふ波のゆくへ知らずも

といふが屢〻引きあひに出されるやうに存候。此歌万葉時代に流行せる一気呵成《かせい》の調にて少しも野卑なる処は無く字句もしまり居り候へども全体の上より見れば上三句は贅物《ぜいぶつ》に属し候。「足引の山鳥の尾の」といふ歌も前置の詞多けれどあれは前置の詞長きために夜の長き様を感ぜられ候。これは又上三句全く役に立ち不申候。此歌を名所の歌の手本に引くは大たわけに御座候。総じて名所の歌といふは其の地の特色なくては叶はず此歌の如く意味無き名所の歌は名所の歌になり不申候。併し此歌を後世の俗気紛々たる歌に比ぶれば勝ること万々に候。且つ此種の歌は真似すべきにはあらねど多き中に一首二首あるは面白く候。

月見れば千々に物こそ悲しけれ
　我身一つの秋にはあらねど

といふ歌は最も人の賞する歌なり。上三句はすらりとして難無けれども下二句は理窟なり蛇足なりと存候。歌は感情を述ぶる者なるに理窟を述ぶるは歌を知らぬ故にや候らん。此歌下二句が理窟なる事は消極的に言ひたるにても知れ可申、若し我身一つの秋と思ふと詠むならば感情的なれども秋ではないがと当り前の事をいはゞ理窟に陥り申候。箇様な歌を善しと思ふは其人が理窟を得離れぬがためなり、俗人は申すに及ばず今の所謂歌よみどもは多く理窟を並べて楽み居候。厳格に言はゞ此等は歌でも無く歌よみでも無く候。

芳野山霞の奥は知らねども
見ゆる限りは桜なりけり

八田知紀《はったとものり》の名歌とか申候。知紀の家集はいまだ読まねどこれが名歌ならば大概底も見え透き候。此も前のと同じく「霞の奥は知らねども」と消極的に言ひたるが理窟に陥り申候。既に見ゆる限りはといふ上は見えぬ処は分らぬがといふ意味は其の裏に籠り居り候ものをわざ〳〵知らねどもとことわりたる、これが下手と申すものに候。且つ此歌の姿、見ゆる限りは桜なりけりなどいへるも極めて拙《つたな》く野卑なり、前の千里の歌は理窟こそ悪けれ姿は遥に立ちまさり居候。序に申さんに消極的に言へば理窟になると申しゝ事いつでもしかなりといふに非ず、客観的の景色を連想していふ場合は消極にても理窟にならず、例へば「駒とめて袖うち払ふ影もなし」といへるが如きは客観の景色を連想したる迄にて斯くいはねば感情を現す能はざる者なれば無論理窟にては無之候。又全体が理窟めきたる歌あり（釈教の歌の類）これらは却て言ひ様にて多少の趣味を添ふべけれど、此芳野山の歌の如く全体が客観的即ち景色なるに其中に主観的理窟の句がまじりては殺風景いはん方無く候。又同人の歌にかありけん

うつせみの我世の限り見るべきは
嵐の山の桜なりけり

といふが有之候由さて〳〵驚き入つたる理窟的の歌にては候よ。嵐山の桜のうつくし

いと申すは無論客観的の事なるにそれを此歌は理窟的に現したり、此歌の句法は全体理窟的の趣向の時に用うべき者にして、此趣向の如く客観的にいはざるべからざる処に用ゐたるは大俗のしわざと相見え候。「べきは」と係《か》けて「なりけり」と結びたるが最理窟的殺風景の処に有之候。一生嵐山の桜を見やうといふも変なくだらぬ趣向なり、此歌全く取所無之候。猶手当り次第可申上候也。

五たび歌よみに与ふる書

心あてに見し白雲は麓にて
　　思はぬ空に晴る丶不尽《ふじ》の嶺

といふは春海《はるみ》のなりしやに覚え候。これは不尽の裾より見上げし時の即興なるべく生も実際に斯く感じたる事あれば面白き歌と一時は思ひしが今ま見れば拙き歌に有之候。第一、麓といふ語如何や、心あてに見し処は少くも半腹位の高さなるべきをそれを麓といふべきや疑はしく候。第二、それは善しとするも「麓にて」の一句理窟ぽくなつて面白からず、只心あてに見し雲よりは上にありしとばかり言はねばならぬ処に候。第三、不尽の高く壮《さう》なる様を詠まんとならば今少し力強き歌ならざるべからず、此歌の姿弱くして到底不尽に副《そ》ひ申さず候。几董《きとう》の俳句に「晴る丶日や雲を貫く雪の不尽」といふがあり、極めて尋常に叙し去りたれども不尽の趣は却て善く現れ申候。

もしほ焼く難波の浦の八重霞
一重はあまのしわざなりけり

契沖の歌にて俗人の伝称する者に有之候へども此歌の品下りたる事は稍心ある人は承知致居事と存候。此歌の伝称せらる、はいふ迄も無く八重一重の掛合にあるべけれど余の攻撃点も亦此処に外ならず、総じて同一の歌にて極めてほめる処と他の人の極めて誹《そし》る処とは同じ点に在る者に候。八重霞といふもの固より八段に分れて霞みたるにあらねば一重といふこと一向に利き不申、又初に「藻汐《もしほ》焚く」と置きし故後に煙とも言ひかねて「あまのしわざ」と主観的に置きたる処いよ〳〵俗に堕ち申候。こんな風に詠まずとも、霞の上に藻汐焚く煙のなびく由尋常に詠まばつまらぬ迄も斯る厭味は出来申間敷候。

心あてに折らはや折らむ初霜の
置きまとはせる白菊の花

此躬恒《みつね》の歌百人一首にあれば誰も口ずさみ候へども一文半文のねうちも無之駄歌に御座候。此歌は嘘の趣向なり、初霜が置いた位で白菊が見えなくなる気遣無之候。趣向嘘なれば趣も糸瓜も有之不申、蓋しそれはつまらぬ嘘なるからにつまらぬにて、上手な嘘は面白く候。例へば「鵲《かささぎ》のわたせる橋におく霜の白きを見れば夜ぞ更けにける」面白く候。躬恒のは瑣細《ささい》な事を矢鱈《やたら》に仰山に述べたのみなれば無趣味なれども家持のは全く無い事を空想で現はして見せたる故面白く被感候。嘘を詠むなら全く無い事とてつもなき嘘を詠むべし、然らざれば有の儘に正直に詠むが宜しく候。雀が舌剪《き》られたとか狸が婆に化けたなどの嘘は面白く候。今朝は霜がふつて白菊が見えんなどと真面目らしく人を欺く仰山的の嘘は極めて殺風景に御座候。「露の落つる音」とか「梅の月が匂ふ」とかいふ事をいふて楽む歌よみが多く候へども是等も面白からぬ嘘に候。総て嘘といふものは一二度は善けれどたび〳〵詠まれては面白き嘘も面白からず相成申候。況して面白からぬ嘘はいふ迄も無く候。「露の音」「月の匂」「風の色」などは最早十分なれば今後の歌には再び現れぬやう致したく候。「花の匂」などいふも大方は嘘なり、桜などには格別の匂は無之、「梅の匂」でも古今以後の歌よみの詠むやうに匂ひ不申候。

春の夜の闇はあやなし梅の花
　色こそ見えね香やは隠るゝ

「梅闇に匂ふ」とこれだけで済む事を三十一文字に引きのばしたる御苦労加減は恐れ入つた者なれどこれも此頃には珍らしき者として許すべく候はんに、あはれ歌人よ「闇に梅匂ふ」の趣向は最早打どめに被成《なされ》ては如何や。闇の梅に限らず普通の梅の香も古今集だけにて十余りもありそれより今日迄の代々の歌よみがよみし梅の香はおびたゞしく数へられもせぬ程なるにこれも善い加減に打ちとめて香水香料に御用ひ被成候は格別其外歌には一切之を入れぬ事とし鼻つまりの歌人と嘲らるゝ程に御遠ざけ被成ては如何や。小さき事を大きくいふ嘘が和歌腐敗の一大原因と相見え申候。

六たび歌よみに与ふる書

御書面を見るに愚意を誤解被致候。殊に変なるは御書面中四五行の間に撞著《どうちやく》有之候。初に「客観的景色に重きを措きて詠むべし」とあり次に「客観的にのみ詠むべきものとも思はれず」云々とあるは如何。生は客観的にのみ歌を詠めと申したる事は無之候。客観に重きを置けと申したる事も無けれど此方は愚意に近きやう覚え候。「皇国の歌は感情を本として」云々とは何の事に候や。詩歌に限らず総ての文学が感情を本とする事は古今東西相違あるべくも無之、若し感情を本とせずして理窟を本としたる者あらばそれは歌にても文学にてもあるまじく候。故《ことさ》らに皇国の歌はなど言はるゝは例の歌より外に何物も知らぬ歌よみの言かと被怪候。「何れの世に何れの人が理窟を読みては歌にあらずと定め候哉」とは驚きたる御問に有之候。理窟が文学に非ずとは古今の人東西の人尽《ことごと》く一致したる定義にて、若し理窟をも文学なりと申す人あらばそれは大方日本の歌よみならんと存候。

客観主観感情理窟の語に就きて或は愚意を誤解被致居にや。全く客観的に詠みし歌なりとも感情を本としたるは言を竢《ま》たず。例へば橋の袂に柳が一本風に吹かれて居るといふことを其儘歌にせんには其歌は客観的なれども、元と此歌を作るといふは此客観的景色を美なりと思ひし結果なれば感情に本づく事は勿論にて只うつくしいとか奇麗とかうれしいとか楽しいとかいふ語を著くると著けぬとの相違に候。又主観的と申す内にも感情と理窟との区別有之、生が排斥するは主観中の理窟の部分にして、感情の部分には無之候。感情的主観の歌は客観の歌と比して此主客両観の相違の点より優劣をいふべきにあらず、されば生は客観に重きを置く者にても無之候。但和歌俳句の如き短き者には主観的佳句よりも客観的佳句多しと信じ居候へば客観に重きを置くといふも此処の事を意味すると見れば差支無之候。又主観客観の区別、感情理窟の限界は実際判然したる者に非ずとの御論は御尤に候。それ故に善悪可否巧拙と評するも固より劃然たる区別あるに非ず巧の極端と拙の極端とは毫《がう》も紛るゝ処あらねど巧と拙との中間に在る者は巧とも拙とも申し兼候。感情と理窟の中間に在る者は此場合に当り申候。

「同じ用語同じ花月にても其れに対する吾人の観念と古人のと相違する事珍しからざる事にて」云々それは勿論の事なれどそんな事は生の論ずること丶毫も関係無之候。今は古人の心を忖度《そんたく》するの必要無之、只此処にては古今東西に通ずる文学の標準（自ら斯く信じ居る標準なり）を以て文学を論評する者に有之候。昔は風帆船が早かつた時代もありしかど蒸気船を知りて居る眼より見れば風帆船は遅しと申すが至当の理に有之貫之は貫之時代の歌の上手とするも前後の歌よみを比較して貫之より上手の者外に沢山有之と思はゞ貫之を下手と評すること亦至当に候。歴史的に貫之を褒めるならば生も強ち反対にては無之候へども只今の論は歴史的に其人物を評するにあらず、文学的に其歌を評するが目的に有之候。

「日本文学の城壁とも謂ふべき国歌」云々とは何事ぞ。代々の勅撰集の如き者が日本文学の城壁ならば実に頼み少き城壁にて此の如き薄ッぺらな城壁は大砲一発にて滅茶滅茶に砕け可申候。生は国歌を破壊し尽すの考にては無之日本文学の城壁を今少し堅固に致し度外国の髯づらどもが大砲を発《はな》たうが地雷火を仕掛けうがびくとも致さぬ程の城壁に致し度心願有之、しかも生を助けて此心願を成就せしめんとする大檀那は天下一人も無く数年来鬱積沈滞せる者頃日《けいじつ》漸く出口を得たる事とて前後錯雑序次倫無く大言疾呼我ながら狂せるかと存候程の次第に御座候。傍人より見なば定めて狂人の言とさげすまるゝ事と存候。猶此度新聞の余白を借り伝へたるを機とし思ふ様愚考も述べたく、それ丈にては愚意分りかね候に付愚作をも連ねて御評願ひ度存居候へども或は先輩諸氏の怒に触れて差止めらるゝやうな事は無きかとそれのみ心配罷在候。心配、恐懼、喜悦、感慨、希望等に悩まされて従来の病体益〻神経の過敏を致し日来《ひごろ》睡眠に不足を生じ候次第愚とも狂とも御笑ひ可被下候。

従来の和歌を以て日本文学の基礎とし城壁と為さんとするは弓矢剣槍《けんさう》を以て戦はん

とすると同じ事にて明治時代に行はるべき事にては無之候。今日軍艦を購ひ大砲を購《あがな》ひ巨額の金を外国に出すも畢竟日本国を固むるに外ならず、されば僅少の金額にて購ひ得べき外国の文学思想抔は続々輸入して日本文学の城壁を固めたく存候。生は和歌に就きても旧思想を破壊して新思想を注文するの考にて随つて用語は雅語俗語漢語洋語必要次第用うる積りに候。委細後便。

追て伊勢の神風、宇佐の神勅云々の語あれども文学には合理非合理を論ずべき者にては無之、従つて非合理は文学に非ずと申したる事無之候。非合理の事にて文学的には面白き事不少候。生の写実と申すは合理非合理事実非事実の謂にては無之候。油画師は必ず写生に依り候へどもそれで神や妖怪やあられもなき事を面白く書き申候。併し神や妖怪を画くにも勿論写生に依るものにて、只有の儘を写生すると一部々々の写生を集めるとの相違に有之、生の写実も同様の事に候。是等は大誤解に候。

七たび歌よみに与ふる書

前便に言ひ残し候事今少し申上候。宗匠的俳句と言へば直ちに俗気を聯想するが如く和歌といへば直ちに陳腐を聯想致候が年来の習慣にてはては和歌といふ字は陳腐といふ意味の字の如く思はれ申候。斯く感ずる者和歌社会には無之と存候へど歌人ならぬ人は大方箇様の感を抱き候やに承り候。をり〳〵は和歌を誹《そし》る人に向ひてさて和歌は如何様に改良すべきかと尋ね候へば其人が首をふつていやとよ和歌は腐敗し尽したるにいかでか改良の手だてあるべき置きね〳〵など言ひはなし候様は恰《あたか》も名医が匙を投げたる死際の病人に対するが如き感を持ち居候者と相見え申候。実にも歌は色青ざめ呼吸絶えんとする病人の如くにも有之候よ。さりながら愚考はいたく異なり、和歌の精神こそ衰へたれ形骸は猶保つべし、今にして精神を入れ替へなば再び健全なる和歌となりて文壇に馳駆するを得べき事を保証致候。こはいはでもの事なるを或る人がはやこと切れたる病人と一般に見做《な》し候は如何にも和歌の腐敗の甚しきに呆れて一見して抛棄したる者にや候べき。和歌の腐敗の甚しさもこれにて大方知れ可申候。

此腐敗と申すは趣向の変化せざるが原因にて、又趣向の変化せざるは用語の少きが原因と被存候。故に趣向の変化を望まば是非とも用語の区域を広くせざるべからず、用語多くなれば従つて趣向も変化可致候。ある人が生を目して和歌の区域を狭くする者と申し候は誤解にて少しにても広くするが生の目的に御座候。とはいへ如何に区域を広くするとも非文学的思想は容れ不《い》申、非文学的思想とは理窟の事に有之候。

外国の語も用ゐよ外国に行はるゝ文学思想も取れよと申す事に就きて日本文学を破壊する者と思惟する人も有之げに候へどもそれは既に根本に於て誤り居候。たとひ漢語の詩を作るとも洋語の詩を作るとも将《は》たサンスクリットの詩を作るとも日本人が作りたる上は日本の文学に相違無之候。唐制に摸して位階も定め服色も定め年号も定め置き唐ぶりたる冠衣を著け候とも日本人が組織したる政府は日本政府と可申候。英国の軍艦を買ひ独国の大砲を買ひそれで戦に勝ちたりとも運用したる人にして日本人ならば日本の勝と可申候。併し外国の物を用うるは如何にも残念なれば日本固有の物を用ゐんとの考ならば其志には賛成致候へども迚も日本の物ばかりでは物の用に立つまじく候。文学にても馬、梅、蝶、菊、文等の語をはじめ一切の漢語を除き候はゞ如何なる者が出来候べき。源氏物語枕草子以下漢語を用ゐたる物を排斥致し候はゞ日本文学は幾何か残り候べき。それでも痩我慢に歌ばかりは日本固有の語にて作らんと決心したる人あらばそは御勝手次第ながら其を以て他人を律するは無用の事に候。日本人が皆日本固有の語を用うるに至らば日本は成り立つまじく日本文学者が皆日本固有の語を用ゐたらば日本文学は破滅可致候。

或は姑息にも馬、梅、蝶、菊、文等の語はいと古き代より用ゐ来りたれば日本語と見做すべしなどいふ人も可有之候へどいと古き代の人は其頃新しく輸入したる語を用ゐたる者にて此姑息論者が当時に生れ居らばそれをも排斥致し候ひけん。いと笑ふ可き撞着に御座候。仮に姑息論者に一歩を借して古き世に使ひし語をのみ用うるとして、若し王朝時代に用ゐし漢語だけにても十分に之を用ゐなば猶和歌の変化すべき余地は多少可有之候。されど歌の詞《ことば》と物語の詞とは自ら別なり物語などにある詞にて歌には用ゐられぬが多きなど例の歌よみは可申候。何たる笑ふ可き事には候ぞや。如何なる詞にても美の意を運ぶに足るべき者は皆歌の詞と可申之を外にして歌の詞といふ者は無之候。漢語にても洋語にても文学的に用ゐられなば皆歌の詞と可申候。

八たび歌よみに与ふる書

悪《あし》き歌の例を前に挙げたれば善き歌の例をこゝに挙げ可申候。悪き歌といひ善き歌といふも四つや五つばかりを挙げたりとて愚意を尽すべくも候はねど無きには勝りてんと聊《いささ》か列《つら》ね申候。先づ金槐和歌集などより始め申さんか。

武士の矢並つくろふ小手の上に霰たはしる那須の篠原

といふ歌は万口一斉に歎賞するやうに聞き候へば今更取りいでゝいはでもの事ながら猶御気のつかれざる事もやと存候まゝ一応申上候。此歌の趣味は誰しも面白しと思ふべく又此の如き趣向が和歌には極めて珍しき事も知らぬ者はあるまじく又此歌が強き歌なる事も分り居り候へども、此種の句法が殆ど此歌に限る程の特色を為し居るとは知らぬ人ぞ多く候べき。普通に歌はなり、けり、らん、かな、けれ抔の如き助辞を以て斡旋せらるゝにて名詞の少きが常なるに、此歌に限りては名詞極めて多く「てにをは」は「の」の字三、「に」の字一、二個の動詞も現在になり（動詞の最短き形）居候。此の如く必要なる材料を以て充実したる歌は実に少く候。新古今の中には材料の充実したる句法の緊密なる稍此歌に似たる者あれど猶此歌の如くは語々活動せざるを覚え候。万葉の歌は材料極めて少く簡単を以て勝る者、実朝一方には此万葉を擬し一方にには此の如く破天荒の歌を為す、其力量実に測るべからざる者有之候。又晴を祈る歌に

時によりすぐれは民のなげきなり八大龍王雨やめたまへ

といふがあり恐らくは世人の好まざる所と存候へどもこは生の好きで〳〵たまらぬ歌に御座候。此の如く勢強き恐ろしき歌はまたと有之間敷、八大龍王を叱咤する処龍王も慴伏《せふふく》致すべき勢相現れ申候。八大龍王と八字の漢語を用ゐたる処雨やめたまへと四三の調を用ゐたる処皆此歌の勢を強めたる所にて候。初三句は極めて拙き句なれども其一直線に言ひ下して拙き処却て其真率偽りなきを示して祈晴《きせい》の歌などには最も適当致居候。実朝は固より善き歌作らんとて之を作りしにもあらざるべく只真心より詠み出でたらんがなか〳〵に善き歌とは相成り候ひしやらん。こゝらは手のさきの器用を弄し言葉のあやつりにのみ拘《こだは》る歌よみどもの思ひ至らぬ場所に候。三句切の事は猶他日詳《つまびらか》に可申候へども三句切の歌にぶつゝかり候故一言致置候。三句の歌詠むべからずなどいふは守株《しゆしゆ》の論にて論ずるに足らず候へども三句切の歌は尻軽くなるの弊有之候。此弊を救ふために下二句の内を字余りにする事屢有之此歌も其一にて（前に挙げたる大江千里の月見ればの歌も此例。猶其外にも数へ尽すべからず）候。此歌の如く下を字余りにする時は三句切にしたる方却て勢強く相成申候。取りも直さず此歌は三句切の必要を示したる者に有之候。又

物いはぬよものけたものすらたにもあはれなるかな親の子を思ふの如き何も別にめづらしき趣向もなく候へども一気呵成の処却て真心を現して余りあり候。序に字余りの事一寸申候。此歌は第五句字余り故に面白く候。或る人は字余りとは余儀なくする者と心得候へどもさにあらず、字余りには凡《およそ》三種あり、第一、字余りにしたるがために面白き者、第二、字余りにしたるがため悪き者、第三、字余りにするともせずとも可なる者と相分れ申候。其中にも此歌は字余りにしたるがため面白き者に有之候。若し「思ふ」といふをつめて「もふ」など吟じ候はんには興味索然と致し候。こゝは必ず八字に読むべきにて候。又此歌の最後の句にのみ力を入れて「親の子を思ふ」とつめしは情の切なるを現す者にて、若し「親の」の語を第四句に入れ最後の句を「子を思ふかな」「子や思ふらん」など致し候はゞ例のやさしき調となりて切なる情は現れ不申、従つて平凡なる歌と相成可申候。歌よみは古来助辞を濫用致し候様宋人の虚字を用ゐて弱き詩を作るに一般に御座候。実朝の如きは実に千古の一人と存候。

前日来生は客観詩をのみ取る者と誤解被致候ひしも其然らざるは右の例にて相分り可申那須の歌は純客観、後の二首は純主観にて共に愛誦する所に有之候。併し此三首ばかりにては強き方に偏し居候へば或は又強き歌をのみ好むかと被考《かんがへられ》候はん。猶多少の例歌を挙ぐるを御待可被下候。

九たび歌よみに与ふる書

一々に論ぜんもうるさければ只二三首を挙げ置きて金槐集以外に遷《うつ》り候べく候。

山は裂け海はあせなん世なりとも君にふた心われあらめやも

箱根路をわか越え来れは伊豆の海やおきの小島に波のよる見ゆ

世の中はつねにもかもななきさ漕く海人《あま》の小舟の綱手かなしも

大海のいそもとゝろによする波われてくたけてさけて散るかも

箱根路の歌極めて面白けれども斯る想は今古に通じたる想なれば実朝が之を作りたりとて驚くにも足らず只世の中はの歌の如く古意古調なる者が万葉以後に於てしかも華麗を競ふたる新古今時代に於て作られたる技量には驚かざるを得ざる訳にて実朝の造詣の深き今更申すも愚かに御座候。大海の歌実朝のはじめたる句法にや候はん。

新古今に移りて二三首を挙げんに

なこの海の霞のまよりなかむれは入日を洗ふ沖つ白波（実定）

此歌の如く客観的に景色を善く写したる者は新古今以前にはあらざるべくこれらも此集の特色として見るべき者に候。惜むらくは「霞のまより」といふ句が疵《きず》にて候。一面にたなびきたる霞に間といふも可笑しく、縦《よ》し間ありともそれは此趣向に必要ならず候。入日も海も霞みながらに見ゆるこそ趣は候なれ。

ほの〲と有明の月の月影は紅葉吹きおろす山おろしの風（信明）

これも客観的の歌にてけしきも淋しく艶なるに語を畳みかけて調子取りたる処いとめづらかに覚え候。

さひしさに堪へたる人のまたもあれな庵《いほ》を並へん冬の山里（西行）

西行の心はこの歌に現れ居候。「心なき身にも哀れは知られけり」などいふ露骨的の歌が世にもてはやされて此歌などは却て知る人少きも口惜く候。庵を並べんといふが如き斬新にして趣味ある趣向は西行ならでは得言はざるべく特に「冬の」と置きたるも亦尋常歌よみの手段にあらずと存候。後年芭蕉が新に俳諧を興せしも寂は「庵を並べん」などより悟入し季の結び方は「冬の山里」などより悟入したるに非ざるかと被思候。

閨《ねや》の上にかたえさしおほひ外面なる葉広柏に霰ふるなり（能因）

これも客観的の歌に候。上三句複雑なる趣を現さんとて稍ゞ混雑に陥りたれど葉広柏に霰のはぢく趣は極めて面白く候。

岡の辺の里のあるしを尋ぬれは人は答へす山おろしの風（慈円）

趣味ありて句法もしつかりと致し居候。此種の歌の第四句を「答へで」などいふが如く下に連続する句法となさば何の面白味も無之候。

さゝ波や比良山風の海吹けは釣する蜑《あま》の袖かへる見ゆ（読人しらず）

実景を其儘に写し些の巧を弄ばぬ所却て興多く候。

神風や玉串の葉をとりかさし内外《うちと》の宮に君をこそ祈れ（俊恵）

神祇の歌といへば千代の八千代のと定文句を並ぶるが常なるに此歌はすつぱりと言ひはなしたるなか〳〵に神の御心にかなふべく覚え候。句のしまりたる所半ば客観的に叙したる所など注意すべく神風やの五字も訳なきやうなれど極めて善く響き居候。

阿耨多羅三藐三菩提《あのくたらさんみやくさんぼだい》の仏たちわか立つ杣《そま》に冥加あらせたまへ（伝教）

いとめでたき歌にて候。長句の用ゐ方など古今未曾有にてこれを詠みたる人もさすがなれど此歌を勅選集に加へたる勇気も称するに足るべくと存候。第二句十字の長句ながら成語なれば左迄口にたまらず、第五句九字にしたるはことさらとにもあらざるべけれど此所はことさらにも九字位にする必要有之、若し七字句などを以て止めたらんには上の十字句に対して釣合取れ不申候。初めの方に字余りの句あるがために後にも字余りの句を置かねばならぬ場合は屢〻有之候。若し字余りの句は一句にても少きが善しなどいふ人は字余りの趣味を解せざるものにや候べき。

十たび歌よみに与ふる書

先輩崇拝といふことは何れの社会にも有之候。それも年長者に対し元勲に対し相当の敬礼を尽すの意ならば至当の事なれどもそれと同時に何かは知らず其人の力量技術を崇拝するに至りては愚の至りに御座候。田舎の者などは御歌所といへばえらい歌人の集り、御歌所長といへば天下第一の歌よみの様に考へ、従つて其人の歌と聞けば読まぬ内からはや善き者と定め居るなどありうちの事にて生も昔は其仲間の一人に候ひき。今より追想すれば赤面する程の事に候。御歌所とてえらい人が集まる筈も無く御歌所長とて必ずしも第一流の人が坐るにもあらざるべく候。今日は歌よみなる者皆無の時なれどそれでも御歌所連より上手なる歌よみならば民間に可有之候。田舎の者が元勲を崇拝し大臣をえらい者に思ひ政治上の力量も識見も元勲大臣が一番に位する者と迷信致候結果、新聞記者などが大臣を誹《そし》るを見て「いくら新聞屋が法螺《ほら》吹いたとて、大臣は親任官、新聞屋は素寒貧、月と泥亀《すっぽん》程の違ひだ」など、罵《ののし》り申候。少し眼のある者は元勲がどれ位無能力かといふ事大臣は廻り持にて新聞記者より大臣に上りし実例ある事位は承知致し説き聞かせ候へども田舎の先生は一向無頓着にて不相変元勲崇拝なるも腹立たしき訳に候。あれ程民間にてやかましくいふ政治の上猶然りとすれば今迄隠居したる歌社会に老人崇拝の田舎者多きも怪むに足らねども此老人崇拝の弊を改めねば歌は進歩不可致候。歌は平等無差別なり、歌の上に老少も貴賤も無之候。歌よまんとする少年あらば老人抔にかまはず勝手に歌を詠むが善かるべくと御伝言可被下候。明治の漢詩壇が振ひたるは老人そちのけにして青年の詩人が出たる故に候。俳句の観を改めたるも月並連に構はず思ふ通りを述べたる結果に外ならず候。

縁語を多く用うるは和歌の弊なり、縁語も場合によりては善けれど普通には縁語かけ合せなどあればそれがために歌の趣を損ずる者に候。縦《よ》し言ひおほせたりとて此種の美は美の中の下等なる者と存候。無暗に縁語を入れたがる歌よみは無暗に地口《ぢぐち》駄洒落を並べたがる半可通と同じく御当人は大得意なれども側より見れば品の悪き事夥しく候。縁語に巧を弄せんよりは真率に言ひながしたるが余程上品に相見え申候。

歌といふといつでも言葉の論が出るには困り候。歌では「ぼたん」とは言はず「ふかみぐさ」と詠むが正当なりとか、此詞は斯うは言はず必ず斯ういふしきたりの者ぞなど言はるゝ人有之候へどもそれは根本に於て已に愚考と異り居候。愚考は古人のいふた通りに言はんとするにても無く、しきたりに倣はんとするにても無く只自己が美と感じたる趣味を成るべく善く分るやうに現すが本来の主意に御座候。故に俗語を用ゐたる方其美感を現すに適せりと思はゞ雅語を捨てゝ俗語を用ゐ可申、又古来のしきたりの通りに詠むことも有之候へどそれはしきたりなるが故に其を守りたるにては無之其方が美感を現すに適せるがために之を用ゐたる迄に候。古人のしきたりなど申せども其古人は自分が新に用ゐたるぞ多く候べき。

牡丹と深見草《ふかみぐさ》との区別を申さんに生等には深見草といふよりも牡丹といふ方が牡丹の幻影早く著《いちじる》く現れ申候。且つ「ぼたん」といふ音の方が強くして、実際の牡丹の花の大きく凛としたる所に善く副《そ》ひ申候。故に客観的に牡丹の美を現さんとすれば牡丹と詠むが善き場合多かるべく候。

新奇なる事を詠めといふと滊車、鉄道などいふ所謂文明の器械を持ち出す人あれど大に量見が間違ひ居り候。文明の器械は多く不風流なる者にて歌に入り難く候へども若しこれを詠まんとならば他に趣味ある者を配合するの外無之候。それを何の配合物も無く「レールの上に風が吹く」などゝやられては殺風景の極に候。せめてはレールの傍に菫が咲いて居るとか、又は滊車の過ぎた後で罌粟《けし》が散るとか薄がそよぐとか言ふやうに他物を配合すればいくらか見よくなるべく候。又殺風景なる者は遠望する方宜しく候。菜の花の向ふに滊車が見ゆるとか、夏草の野末を滊車が走るとかするが如きも殺風景を消す一手段かと存候。

いろ〳〵言ひたき儘取り集めて申上候。猶ほ他日詳かに申上ぐる機会も可有之候。

以上。月日。

小園の記（小園の図入）

我に二十坪の小園あり。園は家の南にありて上野の杉を垣の外に控へたり。場末の家まばらに建てられたれば青空は庭の外に拡がりて雲行き鳥翔《かけ》る様もいとゆたかに眺めらる。始めてこゝに移りし頃は僅に竹藪を開きたる跡とおぼしく草も木も無き裸の庭なりしを、やがて家主なる人の小松三本を栽ゑて稍物めかしたるに、隣の老媼の与へたる薔薇の苗さへ植ゑ添へて四五輪の花に吟興を鼓せらるゝことも多かりき。一年軍に従ひて金州に渡りしが其帰途病を得て須磨に故郷に思はぬ日を費し半年を経て家に帰り着きし時は秋まさに暮れんとする頃なり。庭の面去年よりは遥にさびまさりて白菊の一もと二もとねぢくれて咲き乱れたる、此景に対して静かにきのふを思へば万感そゞろに胸に塞がり、からき命を助かりて帰りし身の衰へは只此うれしさに勝たれて思はず三逕就荒と口ずさむも涙がちなり。ありふれたる此花、狭くるしき此庭が斯く迄人を感ぜしめんとは曾て思ひよらざりき。況して此より後病いよ〳〵つのりて足立たず門を出づる能はざるに至りし今小園は余が天地にして草花は余が唯一の詩料となりぬ。余をして幾何か獄窓に呻吟するにまさると思はしむる者は此十歩の地と数種の芳葩《はうは》とあるがために外ならず。つぐの年、春暖漸く催うして鳥の声いとうらゝかに聞えしある日病の窓を開きて端近くにじり出で読書に労れたる目を遊ばすに、いき〳〵たる草木の生気は手のひら程の中にも動きて、まだ薄寒き風のひや〳〵と病衣の隙を侵すもいと心地よく覚ゆ。これも隣の媼よりもらひしといふ萩の刈株寸ばかりの緑をふいてたくましき勢は秋の色も思はる。真昼過より夕影椎の樹に落つる迄何を見るともなく酔ふたるが如く労れたるが如くうつとりとして日を暮らすことさへ多かり。

今迄病と寒気とに悩まされて弱り尽したる余は此時新たに生命を与へられたる小児の如く此より萩の芽と共に健全に育つべしと思へり。折ふし黄なる蝶の飛び来りて垣根に花をあさるを見てはそぞろ我が魂の自ら動き出でゝ共に花を尋ね香を探り物の芽にとまりてしばし羽を休むるかと思へば低き杉垣を越えて鄰りの庭をうちめぐり再び舞ひもどりて松の梢にひら〳〵水鉢の上にひら〳〵一吹き風に吹きつれて高く吹かれながら向ふの屋根に隠れたる時我にもあらず惘然《ばうぜん》として自失す。忽ち心づけば身に熱気を感じて心地なやましく内に入り障子たつると共に蒲団引きかぶれば夢にもあらず幻にもあらず身は広く限り無き原野の中に在りて今飛び去りし蝶と共に狂ひまはる。狂ふにつけて何処ともなく数百の蝶は群れ来りて遊ぶをつら〳〵見れば蝶と見しは皆

小園の図

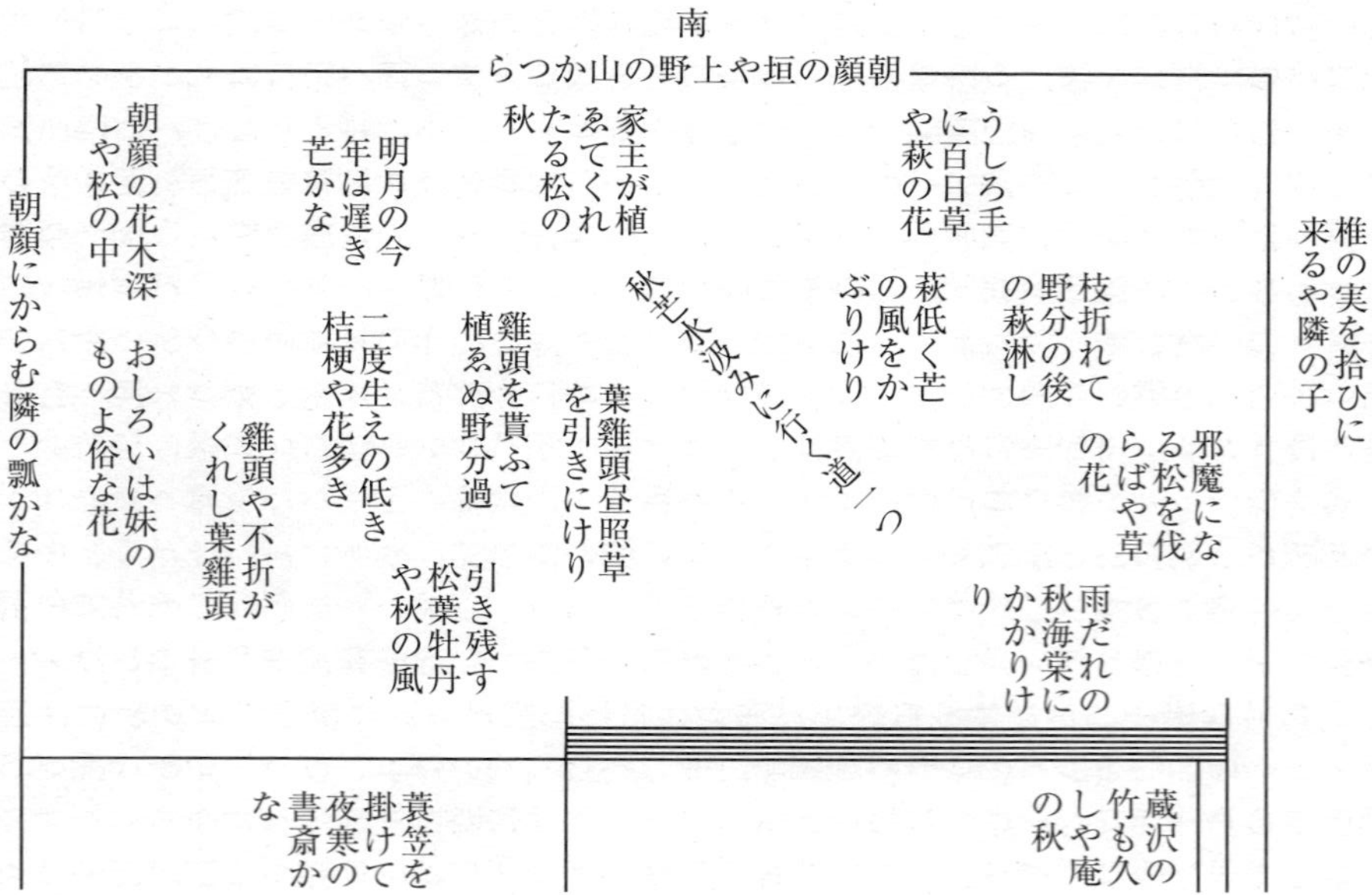
椎の実を拾ひに来るや隣の子
南
朝顔の垣や上野の山かつら
うしろ手に百日草や萩の花
家主が植ゑてくれたる松の秋
明月の今年は遅き芒かな
朝顔の花木深しや松の中
朝顔にからむ隣の瓢かな
枝折れて野分の後の萩淋し
萩低く芒の風をかぶりけり
秋芒水汲みに行く道一つ
葉雞頭昼照草を引きにけり
雞頭を貰ふて植ゑぬ野分過
二度生えの低き桔梗や花多き
おしろいは妹のものよ俗な花
雞頭や不折がくれし葉雞頭
邪魔になる松を伐らばや草の花
雨だれの秋海棠にかかりけり
引き残す松葉牡丹や秋の風
蔵沢の竹も久しや庵の秋
蓑笠を掛けて夜寒の書斎かな

小さき神の子なり。空に響く楽の音につれて彼等は躍りつゝ舞ひ上り飛び行くに我もおくれじと茨葎のきらひ無く蹈みしだき躍り越え思はず野川に落ちしよと見て夢さむれば寝汗したゝかに襦袢を濡して熱は三十九度にや上りけん。

げん〳〵の花盛り過ぎて時鳥の空におとづるゝ頃は赤き薔薇白き薔薇咲き満ちてかんばしき色は見るべき趣無きにはあらねど我小園の見所はまこと萩芒《はぎすすき》のさかりにぞあるべき。今年は去年に比ぶるに萩の勢ひ強く夏の初の枝ぶりさへいたくはびこりて末頼もしく見えぬ。葉の色さへ去年の黄ばみたるには似ず緑いと濃し。空晴れたる日は椅子を其ほとりに据ゑさせ人に扶けられてやうやく其椅子にたどりつき、気晴しがてら萩の芽につきたるちひさき虫を取りしことも一度二度にはあらず。桔梗撫子は実となり朝顔は花の稍少くなりし八月の末より待ちに待ちし萩は一つ二つ綻び初たり。飛び立つばかりの嬉しさに指を折りて翌は四、あさつては八、十日目には千にやなるらんと思ひ設けし程こそあれある夜野分の颪はげしく吹き出でぬ。安からぬ夢を結びてあくる朝、日たけて眠より覚むれば庭になにやらのゝしる声す。心もとなく這ひ出でゝ何ぞと問ふ。今迄さしもに茂りたる萩の枝大方折れしをれたるなりけり。ひたと胸つぶれていかにせばやと思へどせん無し。斯くと知りせば枝毎に杖立てゝ置かましをなど悔ゆるもおろかなりや。瓦吹き飛ばしたる去年の野分だに斯うはならざりしを今年の颪は萩のために方角や悪かりけん。此日は晴れわたりてやゝ秋気を覚え初めしが余は例の椅子を庭に据ゑさせ、バケツとかな盥に水を湛へて折れ残りたる萩の泥を洗へりしかど、空しく足の痛みを増したるばかりにて、泥つきし枝のさきは蕾腐りて終に花咲くことなかりき。園中何事も無きは只松と芒とのみ。

去年の春彼岸やゝ過ぎし頃と覚ゆ、鷗外漁史より草花の種幾袋贈られしを直に播きつけしが百日草の外は何も生えずしてやみぬ。中にも葉雞頭をほしかりしをいと口をしく思ひしが何とかしけん今年夏の頃、怪しき芽をあらはしゝ者あり。去年葉雞頭の種を埋めしあたりなれば必定それなめりと竹を立てゝ大事に育てしに果して二葉より赤き色を見せぬ。嬉しくてあたりの昼照草など引きのけやう〳〵尺余りになりし頃野分荒れしかばこればかり気遣ひしに、思ひの外に萩は折れて葉雞頭は少し傾きしばかりなり。扶け起して竹杖にしばりなどせしかば恙《つつが》なくて今は二尺ばかりになりぬ。瘦せてよろ〳〵としながら猶燃ゆるが如き紅、しだれていとうつくし。二三日ありて向ひの家より貰ひ来たりとて肥え太りたる雞頭四本ばかり植ゑ添へたり。そのつぐの日なりけん。朝まだきに裏戸を叩く声あり。戸を開けば不折子が大きなる葉雞頭一本引きさげて来りしなりけり。朝霧に濡れつゝ手づから植ゑて去りぬ。雞頭、葉雞頭、かゝやくばかりはなやかなる秋に押されて萩ははや散りがちなりしもあはれ深し。薔薇、萩、芒、桔梗などをうちくれて余が小楽地の創造に力ありし隣の老媼は其後移りて他にありしが今年秋風にさきだちてみまかりしとぞ聞えし。

ごて〳〵と草花植ゑし小庭かな

死後

人間は皆一度づゝ死ぬるのであるといふ事は、人間皆知つて居るわけであるが、それを強く感ずる人とそれ程感じない人とがあるやうだ。或人はまだ年も若いのに頻りに死といふ事を気にして、今夜これから眠つたらばあしたの朝は此儘死んで居るのではあるまいかなどゝ心配して夜も眠らないのがある。さうかと思ふと、死といふ事に就て全く平気な人もある。君も一度は死ぬるのだよ、などゝおどかしても耳にも聞こえない振りでゐる。要するに健康な人は死などゝいふ事を考へる必要も無く、又暇も無いので、唯夢中になつて稼ぐとか遊ぶとかしてゐるのであらう。

余の如き長病人は死といふ事を考へだす様な機会にも度々出会ひ、又さういふ事を考へるに適当した暇があるので、それ等の為に死といふ事は丁寧反覆に研究せられてをる。併し死を感ずるには二様の感じ様がある。一は主観的の感じで、一は客観的の感じである。そんな言葉ではよくわかるまいが、死を主観的に感ずるといふのは、自分が今死ぬる様に感じるので、甚だ恐ろしい感じである。動気が躍つて精神が不安を感じて非常に煩悶するのである。これは病人が病気に故障がある毎によく起こすやつでこれ位不愉快なものは無い。客観的に自己の死を感じるといふのは変な言葉であるが、自己の形体が死んでも自己の考は生き残つてゐて、其考が自己の形体の死を客観的に見てをるのである。主観的の方は普通の人によく起こる感情であるが、客観的の方は其趣すら解せぬ人が多いのであらう。主観的の方は恐ろしい、苦しい、悲しい、瞬時も堪へられぬやうな厭な感じであるが、客観的の方はそれよりもよほど冷淡に自己の死といふ事を見るので、多少は悲しい果敢《はか》ない感もあるが、或時は寧ろ滑稽に落ちて独りほゝゑむやうな事もある。主観的の方は、病気が悪くなつたとか、俄に苦痛を感じて来たとか、いふ時に起こるので、客観的の方は、長病の人が少し不愉快を感じた時などに起る。

去年の夏の頃であつたが、或時余は客観的に自己の死といふ事を観察した事があつた。先づ第一に自分が死ぬるといふとそれを棺に入れねばなるまい、死人を棺に入れる所は子供の内から度々見てをるがいかにも窮屈さうなもので厭な感じである。窮屈なといふのは狭い棺に死体を入れる許りでなく、其死体をゆるがぬやうに何かでつめるのが厭やなのである。余が故郷などにてはこのつめ物におが屑を用ゐる。半紙の嚢《ふくろ》を（縦に二つ折りにしたのと、横に二つ折りにしたのと）二通りに拵えてそれにおが屑をつめ、其嚢の上には南無阿弥陀仏など丶書く。これはつめ処によつて平たい嚢と長い嚢と各必要がある。それで貌の処だけは幾らか斟酌して隙を多く拵えるにした所で、兎に角頭も動かぬやうにつめてしまふ。つまり死体は土に葬むらる丶前に先づおが屑の嚢の中に葬むらる丶のである。十四五年前の事であるが、余は猿楽町の下宿にゐた頃に同宿の友達が急病で死んでしまつた。東京には其男の親類といふものが無いので、我々朋友が集まつて葬つてやつた事がある。其時にも棺をつめるのに何を用ゐるかと聞いて見たら、東京では普通に樒《しきみ》の葉なども用ゐるといふ事であつた。それからそれを買ふて来て例の通り紙の袋を拵えてつめて見た所が、つめ物が足りなかつた。其処で再び樒の葉を買ふて来て、今度は嚢を拵えるのも面倒だといふので、其儘で其処らの隙をつめて置いた。棺は寐棺であつたが、死人の頰の処に樒の葉が触つてゐるなど丶いふのは、いかにも気の毒に感じた。昔から斯ういふ感じがあるので、余は自分を棺につめられる時にどうか窮屈にない様に、つめて貰ひたいものだと、其事が頻りに気になつてならぬ。西洋では花でつめるといふ事があるさうだが、これは我々の理想にかなふたやうな仕方で実によい感じがするのであるが、尤《もつとも》棺の幅を非常に狭くして死体は棺で動かぬやうにして置けば花でつめるといふのは日本のおが屑など丶違つてほんの愛嬌に振撒て置くのかも知れん。さうすれば其棺は非常に窮屈な棺で、其窮屈な所が矢張り厭な感じがする。
スコットランドのバラッドに Sweet William's Ghost といふのがある。この歌は、或女の処へ、其女の亭主の幽霊が出て来て、自分は遠方で死だといふ事を知らすので、其二人の問答の内に、次のやうな事がある。

"Is there any room at your head, Willie?
Or any room at your feet?
Or any room at your side, Willie,
Wherein that I may creep?"

"There's nae room at my head, Margret,
There's nae room at my feet,
There's nae room at my side, Margret,
My coffin is made so meet."

其意は、女の方が、私はお前の所へ行き度いが、お前の枕元か足元か、又は傍らの方に、私がはひこむ程の隙があるかといふて、問ふた所が、男の方即ち幽霊が答へるには、わたしの枕元にも、足元にも、傍らにも少しも透間がない、わたしの棺は、そんなにしつくりと出来て居る。といふたのである。まさか比翼塚でも二つの死骸を一つの棺に入れるわけでも無いから、そんな事はどうでもいゝのであるが、併しこの歌は痴情をよく現はしてをると同時に、棺の窮屈なものであるといふ事も現はしてをる。斯んな歌になつて見ると、棺の窮屈なのも却て趣味が無いではないが、併し今自分の体が棺の中に這入つてをると考へると、可成窮屈にないやうにして貰ひたい感じがする。尤もこれは肺病患者であると、胸を圧せられるなども他の人よりは幾倍も窮屈な苦しい感じがするのであらう。

或時世界各国の風俗などの図を集めた本を見てゐたら、其中に或国（国名は忘れたが、欧羅巴辺の大国では無かつた）の王の死骸が棺に入れてある図があつた。其棺は普通よりも高い処に置いてあつて、棺の頭の方は足の方よりも尚一層高くしてある。其処には燈火が半ば明るく半ば暗く照して居つて、周囲の装飾は美しさうに見える。王は棺の中に在つて、顔は勿論、腹から足迄白い着物が着せてあるところがよく見える。王の眼は静かにふさいでゐる。王は今天国に上つてゐる夢を見てゐるらしい。此画を見た時に余は一種の物凄い感じを起したと同時に、神聖なる高尚なる感じを起した。王の有様は少しも苦しさうに見えぬ。若し余も死なねばならぬならば、斯ういふ工合にしたら窮屈で無くすむであらうと思ふた事がある。併し幾ら斯んなにして見た所が棺の蓋を蔽てコン／＼と釘を打つてしまつたら、それでおしまいである。棺の中で生きかへつて手足を動かさうとした所で最早何の効力も無い。其処で棺の中で生きかやつた時に直ぐに棺から這ひ出られるといふ様な仕組みにしたいといふ考へも起こる。

棺の窮屈なのは仕方が無いとした所で、其棺をどういふ工合に葬むられたのが一番自分の意に適つてゐるかと尋ねて見るに、先づ最も普通なのは土葬であるが、其土葬といふ事も余り感心した葬り方ではない。誰れの棺でも土の穴の中へ落し込む時には極めていやな感じがするものである。況して其棺の中に自分の死骸が這入つてをると考へると、何ともいへぬ厭な感じがする。寐棺の中に自分が仰向けになつてをるとして考へて見玉へ、棺はゴリ〳〵〳〵ドンと下に落ちる。施主が一鍬入れたのであらう、土の塊りが一つ二つ自分の顔の上の所へ落ちて来たやうな音がする。其のあとはドタバタ〳〵と土は自分の上に落ちて来る。また〻く間に棺を埋めてしまふ。さうして人夫共は埋めた上に土を高くして其上を頻りに踏み固めてゐる。もう生きかへつてもだめだ、いくら声を出しても聞こえるものではない。自分が斯んな土の下に葬むられてをると思ふと窮屈とも何ともいひやうが無い。六尺の深さならまだしもであるが、友達が親切にも九尺でなければならぬといふので、九尺に掘つて呉れたのはい〻迷惑だ。九尺の土の重さを受けてをるといふのは甚だ苦しいわけだから此上に大きな石塔なとを据ゑられては堪まらぬ、石塔は無しにしてくれとかね〳〵遺言して置いたが、石塔が無くては体裁が悪いなんていふので大きなやつか何かを据ゑられては実に堪まるものぢや無い。

土葬はいかにも窮屈であるが、それでは火葬はどうかといふと火葬は面白くない。火葬にも種類があるが、煉瓦の煙突の立つてをる此頃の火葬場といふ者は棺を入れる所に仕切りがあつて其仕切りの中へ一つ宛棺を入れて夜になると皆を一緒に蒸焼きにしてしまふのぢやそうな。そんな処へ棺を入れられるのも厭やだが、殊に蒸し焼きにせられると思ふと、堪まらぬわけぢやないか。手でも足でも片つぱしから焼いてしまうといふなら痛くてもおもひ切りがいゝが蒸し焼きと来ては息のつまるやうな、苦しくても声の出せぬやうな変な厭やな感じがある。其上に蒸し焼きなんといふのは料理屋の料理みたやうで甚だ俗極まつてをる。火葬ならいつそ昔の隠坊的火葬が風流で気が利いてゐるであらう。とある山陰の杉の木立が立つてをるやうな陰気な所で其木立をひかへて一つの焼き場がある。焼き場といふても一寸した石が立つてをる位で別に何の仕掛けもない。唯薪が山のやうに積んである上へ棺を据ゑると隠坊は四方から其薪へ火をつける。勿論夜の事であるから、炎々と燃え上つた火の光りが真黒な杉の半面を照して空には星が一つ二つ輝いでをる。其処に居る人は附添人二人と隠坊が一人と許りである。附添の一人が隠坊に向て「隠坊屋さん、何だか凄い天気になつて来たが雨は降りやアしないだらうか」と問ふと、隠坊はスパ〳〵と吹かしてゐた煙管を自分の腰かけてゐる石で叩きながら「さうさねー、雨になるかも知れない」と平気な声で答へてゐる。「今降り出されちやア困まつてしまふ、どうしたらよからう」と附添の一人が気遣はしげにいふと、隠坊は相変らず澄ました調子で「すぐ焼けてしまひまする」など丶いつてをる。火に照らされてゐる隠坊の顔は鬼かとも思ふやうに赤く輝いでゐる。こんな物凄い光景を想像して見ると何かの小説にあるやうな感じがして稍興に乗つて来るやうな次第である。併し乍ら火がだん〳〵まはつて来て棺は次第に焼けて来る。手や足や頭などに火が附いてボロ〳〵と焼けて来るといふと、痛い事も痛いであらうが脇から見て居つてもあんまりい丶心持はしない。おまけに其臭気と来たらたまつた者ぢやない。併し其苦痛も臭気も一時の事として白骨になつてしまふと最早サツパリしたものであるが、自分が無くなつて白骨許りになつたといふのは甚だ物足らぬ感じである。白骨も自分の物には違ひ無いが、白骨許りでは自分の感じにはならぬ。土葬は窮屈であるけれど自分の死骸は土の下にチヤーンと完全に残つて居る、火葬の様に白骨になつてしまつては自分が無くなる様な感じがして甚だ面白くない。何も身体髪膚之を父母に受くなど丶堅くるしい理窟をいふのではないが、死で後も体は完全にして置きたいやうな気がする。

土葬も火葬もいかぬとして、それでは水葬はどうかといふと、この水といふやつは余り好きなやつで無い。第一余は泳ぎを知らぬのであるから水葬にせられた暁にはガブ〳〵と水を飲みはしないかと先づそれが心配でならぬ。水は飲まぬとした所で体が海草の中にひつかゝつてゐると、いろいろの魚が来て顔ともいはず胴ともいはずチク〳〵とつゝきまはつては心持が悪くて仕方がない。何やら大きな者が来て片腕を喰ひ切つて帰つた時なども変な心持がするに違ひない。章魚《たこ》や鮑《あはび》が吸ひついた時にそれをもいでのけやうと思ふても自分には手が無いなど、いふのは実に心細いわけである。

土葬も火葬も水葬も皆いかぬとして、それなれば今度は姥捨山見たやうな処へ捨てるとしてはどうであらうか。棺にも入れずに死骸許りを捨てるとなると、棺の窮屈といふ事は無くなるから其処は非常にいゝ様であるが、併し寐巻の上に経帷子《きやうかたびら》位を着て山上の吹き曝しに棄てられては自分の様な皮膚の弱い者は、すぐに風を引いてしまふからいけない。それでチヨイと思ひついたのは、矢張寐棺に入れて、蓋はしないで、顔と体の全面丈けはすつかり現はして置いて、絵で見た或国の王様のやうにして棄てゝ貰ふてはどうであらうか。それならば窮屈にもなく、寒くもないから其点はいゝのであるが、それでも唯一つ困るのは狼である。水葬の時に肴につゝかれるのはそれ程でもないが、ガシ〳〵と狼に食はれるのはいかにも痛たさうで厭やである。狼の食つたあとへ烏がやつて来て臍を嘴でつゝくなども癪に触つた次第である。

どれもこれもいかぬとして今一つの方法はミイラになる事である。ミイラにも二種類あるが、エジプトのミイラといふやつは死体の上を布で幾重にも巻き固めて、土か木のやうにしてしまつて、其上に目口鼻を彩色で派出に書くのである。其中には人がゐるのには違ひないが、表面から見てはどうしても大きな人形としか見えぬ。自分が人形になつてしまふといふのもあんまり面白くはないやうな感じがする。併し火葬のやうに無くなつてもしまはず、土葬や水葬のやうに窮屈な深い処へ沈められるでもなし、頭から着物を沢山被つてゐる位な積りになつて人類学の参考室の壁にもたれてゐるなども洒落てゐるかもしれぬ。其外に今一種のミイラといふのはよく山の中の洞穴の中などで発見するやつで、人間が坐つたまゝで堅くなつて死んでをるやつである。こいつは棺にも入れず葬むりもしないから誠に自由な感じがして甚だ心持がよいわけであるが、併し誰れかに見つけられて此ミイラを風の吹く処へかつぎ出すと、直ぐに崩れてしまふといふ事である。折角ミイラになつて見た所が、すぐに崩れてしまふてはまるで方なしのつまらぬ事になつてしまふ。万一形が崩れぬとした所で、浅草へ見世物に出されてお賽銭を貪る資本とせられては誠に情け無い次第である。

死後の自己に於ける客観的の観察はそれからそれといろ〳〵考へて見ても、どうもこれなら具合のいゝといふ死にやうもないので、ならう事なら星にでもなつて見たいと思ふやうになる。

去年の夏も過ぎて秋も半を越した頃であつたが或日非常な心細い感じがして何だか呼吸がせまるやうで病牀で独り煩悶してゐた。此時は自己の死を主観的に感じたので、あまり遠からん内に自分は死ぬるであらうといふ念が寸時も頭を離れなかつた。斯ういふ時には誰れか来客があればよいと待つてゐたけれど生憎誰れも来ない。厭な一昼夜を過ごしてやう〳〵翌朝になつたが矢張前日の煩悶は少しも減じないので、考へれば考へる程不愉快を増す許りであつた。然るにどういふはづみであつたか、此主観的の感じがフイと客観的の感じに変つてしまつた。自分はもう既に死んでゐるので小さき早桶の中に入れられてをる。其早桶は二人の人夫にかゝれ二人の友達に守られて細い野路を北向いてスタ〳〵と行つてをる。其人等は皆脚袢《きやはん》草鞋《わらぢ》の出立ちでもとより荷物なんどはすこしも持つてゐない。一面の田は稲の穂が少し黄ばんで畦の榛の木立には百舌鳥《もず》が世話しく啼いてをる。早桶は休みもしないでとう〳〵夜通しに歩いて翌日の昼頃にはとある村へ着いた。其村の外れに三つ四つ小さい墓の並んでゐる所があつて其傍に一坪許りの空地があつたのを買ひ求めて、棺桶は其辺に据ゑて置いて人夫は既に穴を掘つてをる。其内に附添の一人は近辺の貧乏寺へ行て和尚を連れて来る。やつと棺桶を埋めたが墓印もないので手頃の石を一つ据ゑてしまふと、和尚は暫しの間廻向して呉れた。其辺には野生の小さい草花が沢山咲いてゐて、向ふの方には曼珠沙華も真赤になつてゐるのが見える。人通りもあまり無い極めて静かな瘠村の光景である。附添の二人は其夜は寺へ泊らせて貰ふて翌日も和尚と共にかたばかりの回向をした。和尚にも斎をすゝめ其人等も精進料理を食ふて田舎のお寺の座敷に坐つてゐる所を想像して見ると、自分は其場に居ぬけれど何だかいゝ感じがする。さういふ具合に葬むられた自分も早桶の中であまり窮屈な感じもしない。斯ういふ風に考へて来たので今迄の煩悶は痕もなく消えてしまふてすが〱しいえゝ心持になつてしまふた。

冬になつて来てから痛みが増すとか呼吸が苦しいとかで時々は死を感ずるために不愉快な時間を送ることもある。併し夏に比すると頭脳にしまりがあつて精神がさはやかな時が多いので夏程に煩悶しないやうになつた。

九月十四日の朝

病牀に於て

子規

朝蚊帳の中で目が覚めた。尚半ば夢中であつたがおい〳〵といふて人を起した。次の間に寝て居る妹と、座敷に寐て居る虚子とは同時に返事をして起きて来た。虚子は看護の為にゆふべ泊つて呉れたのである。雨戸を明ける。蚊帳をはづす。此際余は口の内に一種の不愉快を感ずると共に、喉が渇いて全く湿ひの無い事を感じたから、用意の為に枕許の盆に載せてあつた甲州葡萄を十粒程食つた。何ともいへぬ旨さであつた。金茎の露一杯といふ心持がした。斯くてやう〳〵に眠りがはつきりと覚めたので、十分に体の不安と苦痛とを感じて来た。今人を呼び起したのも勿論それだけの用はあつたので、直ちにうちの者に不浄物を取除けさした。余は四五日前より容態が急に変つて、今迄も殆ど動かす事の出来なかつた両脚が俄に水を持つたやうに膨れ上つて一分も五厘も動かす事が出来なくなつたのである。そろり〳〵と臑皿の下へ手をあてがうて動かして見やうとすると、大磐石の如く落着いた脚は非常の苦痛を感ぜねばならぬ。余は屢種々の苦痛を経験した事があるが、此度の様な非常な苦痛を感ずるのは始めてゞある。それが為に此二三日は余の苦しみと、家内の騒ぎと、友人の看護旁《かたがた》訪ひ来るなどで、病室には一種不穏の徴を示して居る。昨夜も大勢来て居つた友人（碧梧桐、鼠骨、左千夫、秀真、節）は帰つてしまうて余等の眠りに就たのは一時頃であつたが、今朝起きて見ると、足の動かぬ事は前日と同しであるが、昨夜に限つて殆ど間断なく熟睡を得た為であるか、精神は非常に安穏であつた。顔はすこし南向きになつたまゝちつとも動かれぬ姿勢になつて居るのであるが、其儘にガラス障子の外を静かに眺めた。時は六時を過ぎた位であるが、ぼんやりと曇つた空は少しの風も無い甚だ静かな景色である。窓の前に一間半の高さにかけた竹の棚には葭簀《よしず》が三枚許り載せてあつて、其東側から登りかけて居る糸瓜は十本程のやつが皆瘠せてしまうて、まだ棚の上迄は得取りつかずに居る。花も二三輪しか咲いてゐない。正面には女郎花が一番高く咲いて、鶏頭は其よりも少し低く五六本散らばつて居る。秋海棠は尚衰へずに其梢を見せて居る。余は病気になつて以来今朝程安らかな頭を持て静かに此庭を眺めた事は無い。嗽《うが》ひをする。虚子と話をする。南向ふの家には尋常二年生位な声で本の復習を始めたやうである。やがて納豆売が来た。余の家の南側は小路にはなつて居るが、もと加賀の別邸内であるので此小路も行きどまりであるところから、豆腐売りでさへ此裏路へ来る事は極て少ないのである。それで偶珍らしい飲食商人が這入つて来ると、余は奨励の為にそれを買ふてやり度くなる。今朝は珍らしく納豆売りが来たので、邸内の人はあちらからもこちらからも納豆を買ふて居る声が聞える。余も其を食ひ度いといふのでは無いが少し買はせた。虚子と共に須磨に居た朝の事などを話しながら外を眺めて居ると、たまに露でも落ちたかと思ふやうに、糸瓜の葉が一枚二枚だけひら〳〵と動く。其度に秋の涼しさは膚に浸み込む様に思ふて何ともいへぬよい心持であつた。何だか苦痛極つて暫く病気を感じ無いやうなのも不思議に思はれたので、文章に書いて見度くなつて余は口で綴る、虚子に頼んで其を記してもらうた。筆記し了へた処へ母が来て、ソツプは来て居るのぞなといふた。

高浜虚子

自選　虚子秀句（抄）

明治二十六年

京に寝よ一夜ばかりは時雨せん　十二月。飄亭を吉田の庵にとゞめて。

其むかし〳〵法師のしぐれけり　昔兼好法師の住みし所。

京女花に狂はぬ罪深し

明治二十七年

五月雨の和田の古道馬もなし　六月。木曾路を経て京都に帰る。

木曾深し夏の山家の夕行燈　妻籠に泊。

恐ろしき峠にかゝる蛍かな　追分を右に取れば坂にかゝる。
住みなれし宿なれば蚊もおもしろや　京都著。虚桐庵。
高麗人や春帆かへること遅し
此夕桐の葉皆になりにけり
春雨の衣桁に重し恋衣

明治二十八年

風が吹く仏来給ふけはひあり
一つ引けば田の面の鳴子なるを見よ
朝顔の花咲かぬ間に起きもする　母上に無事を知らする手紙の端に。
手をそれて飛ぶ秋の蚊の行方かな
春潮や海老はね上る岩の上
きのふけふ繭ごもるとの便りかな
木瓜咲いて薬いやがる女かな

うたゝねをよび起されて桜かな
湖をめぐりて雨の田植かな
涼しさや雨吹き下す空の闇
雨はれて月に傘さす男かな
強飯《こはめし》に寒腹おこすこと勿れ　送別。

明治二十九年

海に入て生れ更らう朧月
陽炎がかたまりかけてこんなもの　紅緑の笠に題す。
ころ〳〵と月と芋との別れかな　京阪満月会。露石と惜別。
河童《かつぱ》身を投げて沈みもやらず朧月
春雨に傘を借りたる別れかな　漱石に別る。
面白い話の中へ春の月
半鐘に燕巣くひて暦日なし

大根の花紫野大徳寺
瀬戸を擁く陸と島との桃二木　音戸瀬戸。
山門も伽藍も花の雲の上
花に高尾八文字ふめ伽羅の下駄
菜の花や化かされてゐる女の子
雛より小さき嫁を貰ひけり
難波女や軍《さ》になれて畑打つ
狼を化かして狐くるゝ春
行春を尼になるとの便りあり
酢うる家に草鞋請ひ得つ五月雨
岩清水立ち去るべくもあらぬかな
旅人の酒冷したる清水かな
古都の月ほとゝぎすでもなきさうな
蚊の多き根岸に更けて詩会あり

人病むやひたと来てなく壁の蟬

病む人の蚊遣見てゐる蚊帳の中

鮒鮓や膳所の城下に浪々の身

蚊帳ごしに薬煮る母を悲しみつ

いくさになれて鮓売りにくる女かな

住まばやと思ふ廃寺に月を見つ

禿等に墨すらすべく月明かなり

松虫に恋しき人の書斎かな

おもかげのかりに野菊と名づけんか　初恋。

秋草の名もなきをわが墓に植ゑよ　死恋。

芒より顔つき出せば路ありし

遠花火嵐して空に吹き散るか

犢鼻褌《ふんどし》を干す物干の月見かな　愚庵十二勝のうち　嘯月壇。

寄席《よせ》きゝに走馬燈を消してゆく

独り淋しまはり燈籠にはひるべく
走馬燈昼は淋しくすぼりたる
走るやうに枯野を通る灯かな
窓の灯に慕ひよりつ払ふ下駄の雪
妾宅や雪掃かで門を鎖したる
君を送つて凍ゆべく戸に佇みつ　別恋。

明治三十年

先づ女房の顔を見て年改まる　新婦を携へて同宿せる内藤湖南におくる。
元日の事皆非なるはじめかな
火の残る焼野を踏んで戻りけり
蝶々のもの食ふ音の静かさよ
具足櫃に謡本あり花の陣
雛の灯に油つぎたし遊びけり

永き日の尺を織りたる錦かな
行春や畳んで古き恋衣
もたれあひて倒れずにある雛かな
山を越えて他藩に出でし夏野かな
花生けに水させば昼の蚊出づる
蚊柱を手もてはらひて訪ひよりつ
乾鮭に喝を与ふる小僧かな
一筋道にして十夜の寺の人通り
とかくして命あればぞ革衾
牡丹餅に夕飯遅き彼岸かな

明治三十一年

傘棚に古傘多きしぐれかな　五月二十九日。古家にある心。
妻ごめに八重垣つくる二つ繭　六月二日。

磐石の微動してゐる清水かな

薔薇の花楽器いだいて園にいでぬ　六月二十日。

打水や空にかゝれる箒星　七月九日。

据風呂や走馬燈の灯の明り　七月十日。

病む母に父の形見の土用干　七月十四日。

蚊をやくや虫とび来る蚊帳の外　七月十六日。

橋涼み笛吹く人をとりまきぬ　七月二十二日。

虫干に虫の糞ひる仏かな　七月二十四日。正宗寺松風会に出席。

丈高き深編笠や人の中　七月二十九日。

盥舟雲の峰迄至るべく　八月七日。三津出港。留別。

秋立つと驚いて去るを止むるな　八月十七日。霞城老人に寄す。

つゞけ様に秋の夕の嚏かな　八月二十八日。神田錦町にホトトギス発行所を置く。

樏《かんじき》や市にもの買ふ山男　山峰十句のうち。

物狂ひ十夜の寺に這入りけり　十一月二十五日。発行所句会。

牡蠣をむく火に鴨川の嵐かな　京四条橋畔。
琴棋書画松の内なる遊びかな
穴を出る蛇を見てゐる鴉かな
宿借さぬ蚕の村や行きすぎし
逡巡として繭ごもらざる蚕かな
梅三株漁村を守る社かな
連翹にいと荒き垣のゆひ様や
藪入のうかりし人はめとりけり
絵ぶみして生きのこりたる女かな
炉塞いで人にくれたる庵かな
地をすつて萩たのみなき野分かな
路地口の貧しき柳枯れにけり
うちこぼし狐にくれぬ薬喰
狂はしの女房に昼の衾かな

煮凝りに乏しき酒を暖めぬ
耳遠きうき世の事や冬籠
蒲団かたぐ人も乗せたり渡船
足早き提灯を追ふ寒さかな

明治三十二年

昼寄席の下足すくなき寒さかな　二月。東橋亭。
年々の見物顔や薪能
浄瑠璃を読んで聞かせぬ二日灸
物売りの翁の髷や壬生念仏
ほととぎす啼きどよもすや墳の上　範頼、頼家の墓。
目洗へば目明らかに清水かな　奥の院（正覚院）。
短夜や灯を消しに来る宿の者　新井屋。
蓑虫の父よと鳴きて母も無し

夷講に大福餅もまゐりけり　十月二十一日。闇汁会を催す。大福餅を投ず。
一筋に神をたのみて送りけり
一人寒く仏の道に入りにけり
物くれる阿蘭陀人やクリスマス
年礼やいたく老ぬる人の妻
門松や五軒長屋の端の家
余り長き昼寐なりけりと起されぬ
一日をひるねに行くや甥の寺
五月雨や魚とる人の流るべう
追剝は出でず沢辺の蛍かな
薔薇剪つて短き詩をぞ作りける
薔薇呉れて聖書かしたる女かな
草市やよそ目淋しき人だかり
かはり合ひて先生の餅をつきにけり

明治三十三年

古傘で風呂焚く暮や煤払
藤壺の猫梨壺に通ひけり
顔見世や茶屋の傘行き通ひ
山眠る如く机にもたれけり
物なくて軽き袂や更衣
川狩の謡もうたふ仲間かな
山の上の涼しき神や夕まゐり　六月二十五日。
雨にぬれ日に乾きたる幟かな
煙管のむ手品のへたや夕涼み
見世物の不思議話や夕涼み　以上二句。七月二十五日。
遠山に日の当りたる枯野かな
したゝむる旅の日記や榾明り　以上二句。十一月二十五日。

春寒き火鉢によるや歌語り
人妻のはでに過ぎたる浴衣かな
うり西瓜うなづきあひて冷えにけり
かくれ住む人とふ雪の野路かな
小提灯夜長の門を出でにけり
唐辛子乏しき酒の肴かな

明治三十四年

河豚くふや短き命短き日　一月。
雨二滴日は照りかへす麦の秋
真清水にうかべる麦の埃かな　以上二句。六月。
帷子《かたびら》に花の乳房やお乳の人　八月。
美しき人や蚕飼の玉襷

明治三十五年

花見船菜の花見ゆるあたり迄
山駕や酒手乞はれて桜人
山寺の宝物見るや花の雨
夜桜や用ありげなる小提灯　以上四句。桜十句のうち。
茶を嗅ぐや耳に黄鐘《わうしき》調《てう》をなす　嗅茶十句のうち。
鬼の面ぬげば涼しき美男かな
鼓あぶる夏の火桶や時鳥　以上二句。能楽十句のうち。
危坐兀坐《こつざ》賓主いづれや簟《たかむしろ》　七月。蕈十句のうち。
露の宿ほ句を命の主客あり　八月。露十句のうち。
夏木立蔚然として楠多し　九月。
何虫ぞ姫日廻の葉を喰ふは　百花園。
子規逝くや十七日の月明に　九月十九日。

俳諧に老いて好もし蕪汁　十一月。蕪汁十句のうち。

夜桜や紅提灯のもえて落つ

三味ひくや花に埋れて瞽女一人

膚ぬいで髪すく庭や木瓜の花

打水に暫く藤の雫かな

加茂川に木屋町の煤流れけり

明治三十六年

花衣脱ぎもかへずに芝居かな　三月。

装束をつけて端居や風光る　四月二十五日。

寺を出る稚子三人の日傘かな　六月。

田舎馬車乗りおくれたる蛍かな

闇如漆《やみうるしのごとし》掌《てのひら》ほどの蛍とぶ　以上二句。七月。

涼しさや山を見飽きて蚊帳に入る　八月。松山に帰省。

秋風や眼中のもの皆俳句
秋晴や前山に糸の如き道
南瓜煮てこれも仏に供へけり
我土に天下の芋を作りけり
日もすがら田の面の鳴子鳴る日かな
反古裏に書き集めあり星の歌
田舎馬車ねぎりて乗るや稲の花
秋雨の泣く子を門に守る身かな
秋日和子規の母君来ましけり
瓢箪の窓や人住まざるが如し
糟糠の妻が好みや納豆汁　以上三句。十一月。
小説に己が天地や炉火おこる
冬夜読書何か物鳴る腹の底
銭湯に人走り入る冬の月

炉開きや蜘動かざる灰の上
鮟鱇鍋箸もぐら〳〵煮ゆるなり
茶の花に暖かき日のしまひかな
宿り木のあから様なる冬木かな
書中古人に会す妻が炭ひく音すなり

明治三十七年

裏山に藤波かゝるお寺かな　四月二十五日。
大海のうしほはあれど旱かな　六月二十五日。
発心の髻《もとどり》を吹く野分かな
秋風にふえてはへるや法師蟬　八月二十七日。二句。
去来抄柿を喰ひつゝ読む夜かな　九月十八日。
黒谷がまづ打つ初夜や後の月　十月。「四夜の月」のうち。九月十三夜。
と言ひて鼻かむ僧の夜寒かな　同。深草の月を見る。

銅鑼の音の月に響くや鞍馬山　同。十四夜。鞍馬山。
此行やいざよふ月を見て終る。同。十六夜。琵琶湖。
祇王寺に女客ある紅葉かな　祇王寺。
仰木越漸く芒多きかな　仰木越。
鹿の声遠まさりして哀れなり　比叡山上。
小僧皆士の子や梅の寺
髪結は早見たと云ふ二の替
三つ食へば葉三片や桜餅
先づ食うて先づ去る僧や心太
三軒家蚊帳つる時のほとゝぎす
うち並ぶ早乙女笠や湖を前
山寺にうき世の団扇見ゆるかな
或時は谷深く折る夏花かな
夏に籠る師に薪水の労をとる

むつかしき禅門出れば葛の花
柳屋に月の客ある座敷かな
夜晴れて朝又降る深雪かな
雪掻くや行人袖を払ひ過ぐ
山門に即非の額や山眠る
春待つや竹の里歌稿成りぬ

明治三十八年

山眠る中に貴船の鳥居かな
雑炊に魂入るや寒の内　以上二句。一月。
垣根草芳しうして宿恋し
白々と寝釈迦の顔の胡粉かな　以上二句。三月。
さし木して我に後なき思ひかな
春惜む人白面の書生かな

雷にうちふるふ家や水のへり
踏み迷ひぬと知り乍ら夏野かな
行水の女に惚れる烏かな
客人に下れる蜘や草の宿
枕頭に童子は坐る昼寐かな
傾城の昼寐に雲はなかりけり
もの知りの長き面輪に秋立ちぬ
墓拝む人の後ろを通りけり
業を継ぐ我に恥なし墓参
鵜籠負うて粟の穂がくれ男行く　立川、鮎の宿に至る。
秋風に鵜を遣ひけり唯二匹　多摩川の鵜飼を見る。
秋風やいつまで遇はぬ野路二つ
荻ふくや提灯人を待つ久し
放屁虫俗論党を憎みけり

荻吹くや葉山通ひの仕舞馬車　以上四句。九月。
月に飽きて明星嬉し森の上　十四夜。本門寺会式を見、大森まで歩く。
牛の鼻繋ぎ上げたる紅葉かな　三尾に遊ぶ。
村の名も法隆寺なり麦を蒔く

明治三十九年

太秦で提灯買ふや桜狩
山人の垣根づたひやさくら狩
主客閑話蝸牛竹をのぼるなり　五月三十日。
麻の中月の白さに送りけり
麻畑馬上見渡す限りかな
麻の上稲妻赤くかゝりけり　以上三句。五月三十一日。麻十句のうち。
上人の俳諧の灯や火取虫　六月十九日。
春淋しうき世話をしに上る

送り火や母が心に幾仏　九月。
女客我家気づかふ野分かな　九月十六日。
山雀に小さき鐘のかゝりけり　十月二十一日。
秋扇や淋しき顔の賢夫人
蒲団かついで杉の中来る男かな　横川中堂政所宿泊。懐古。
茶の花や黄檗の僧今は誰
垣間見る好色者《すきもの》に草芳しき
春の夜ををかしがらせぬたいこもち
簪に投げるは文か春の月
藤の茶屋女房ほめ〳〵馬士つどふ
浪間なる人買船や春惜む
如何にして春惜むやと御状かな
賃仕事ためて遊ぶや針供養
お小姓にほれたはれたや白重

冷奴死を出で入りしあとの酒
寂として残る土階や花茨
君が代の裸みはやせ常陸山
高僧も爺で在しぬ枇杷を食《め》す
さる程に金魚にも飽く奢りかな
傾城におもねりおくる金魚かな
下駄傘の新しければ雨涼し
をかしさや夢の亡骸《なきがら》籠枕
すたれゆく町や蝙蝠人に飛ぶ
夏瘦の身をつとめけり婦人会
二階人暑さにまけてやめりけり
二人して荷ふ夜振の獲物かな
灯消えたり卓上に鮓の香迷ふ
虫聞きに塔をめぐれる法師かな

桐一葉日当りながら落ちにけり
君と我うそにほれぱや秋の暮
淋しさに小女郎泣かすや秋の暮
後家がうつ艶な砧や惚れて過ぐ
ひら〳〵と釣られて淋し今年鯊《はぜ》
鬼灯《ほほづき》はまことしやかに赤らみぬ
老の頬に紅潮《さ》すや濁り酒
秋の空に届く一もと芒かな
秋空を二つに断てり椎大樹
色鳥を障子開け見る女かな
宿屋出て銭湯に行く時雨かな
年若き人に誠の時雨かな
忘れもの尚ある茶屋や枯柳
石段の深雪見上げて拝みけり

大寺や庫裏は人の世鶺鴒　以上三十八句。［俳諧散心］。

明治四十年

遺羽子の二人隠るゝ大木かな　修善寺。新井屋庭前即景。
雪どけや谷の坊よりのぼせもの　三月。叡山。
老僧の骨刺しに来る藪蚊かな　五月。
庖厨に事あり新豆腐来る　九月。
秋風や酔を為さずに人歓語

明治四十一年

我袖に誰が春雨の傘雫
上人を恋ひて詮なき桜かな
病葉や大地に何の病ある
泉へと人没し去る葎かな

駒の鼻ふくれて動く泉かな
我犬のきゝ耳や何夏木立
岸に釣る人の欠《あく》びや舟遊
曝書風強し赤本飛んで金平怒る
旅中頑健飯の代りに心太
羽抜鶏吃々として高音かな
金亀子《こがねむし》擲つ闇の深さかな
勝ほこる心のひゞや秋の風
新涼に蘇りたる草廬かな
草市ややがて行くべき道の露
暁に消ゆる変化と踊りけり
手をひいて踊の庭に走りけり
仲秋や院宣を待つ湖のほとり
仲秋や任に赴く安芸守

仲秋をつゝむ一句の主かな
凡そ天下に去来程の小さき墓に参りけり
谷に下りて先師の墓に参りけり
此墓に系図はじまるや拝みけり
生涯に二度ある悔や秋の風
芋の味忘れし故に参りたり
初汐に突出し岩の神事かな
峻峰のいたゞきに月の小さゝよ
夫唱へ婦作る柚味噌四釜かな
藁家に緑一団の芭蕉かな
鹿を聞く三千院の後架かな　以上二十九句。「俳諧散心」続き諸会。

大正元年

此月の満れば盆の月夜かな　旧暦七月六日夜。

鎌倉のこゝ焦したる野焼かな

大正二年

三世の仏皆座にあれば寒からず
寒燈に柱も細る思ひかな
霜降れば霜を楯とす法の城
死神を蹶る力無き蒲団かな
その日〳〵死ぬる此身と蒲団かな
俳諧に日々腐《くだ》つ身を蒲団かな
春風や闘志いだきて丘に立つ
この後の古墳の月日椿かな　鎌倉。
一つ根に離れ浮く葉や春の水
柳暮れて人船に乗る別離かな
舟岸につけば柳に星一つ　以上二句。朝鮮平壌大同江畔を想ふ。

提灯に落花の風の見ゆるかな

濡縁にいづくともなき落花かな

眼を射しは隠元豆や種物屋

故郷の柳がもとに在る心　俳句例会再興。

草庵や空地あれば芋を植ゑ終んぬ

雨にうたれて落る火もある蛍かな

寝し家を喜びとべる蛍かな

雑談も夜涼に帰せり灯取虫

灯ともれる障子ぬらすや秋の雨

秋雨や身をちゞめたる傘の下

九月尽日許六拝去来先生机下

身一つを先づもたらしぬ雪の国

年を以て巨人としたり歩み去る

大正三年

時ものを解決するや春を待つ
凍てし道に在る背思ふや嗔《しん》恚《い》燃ゆ
乱好む人誰々ぞ弓始
料理屋は皆花人の下駄草履
春雨や少しもえたる手提灯
芋植ゑて円かなる月を掛けにけり
亡国の狭斜美し春惜む
我心或時軽し芥子の花
蟻の国の事知らで掃く帚かな
コレラ怖ぢて綺麗に住める女かな
ぼつ〳〵とコレラ尚ある葵かな
汗をたゝむ額の皺の深きかな

汗の人が来て廻り出す機械かな
秋風や十句に筆を擱く事勿れ
一人の強者唯出よ秋の風
葡萄の種吐き出して事を決しけり
葡萄口に含んで思ふ事遠し
たゞ一人いつまで稲を刈る人ぞ

大正四年

一学系を率ゐて食ふ雑煮かな
山吹や橋本茶屋に小留別
雲静に影落し過ぎし椄木かな
造花已に忙を極めたるに椄木かな
太腹の垂れてもの食ふ裸かな
酒汗になりて流るゝ裸かな

月空に在りて日蔽を外しけり

烏飛んでそこに通草のありにけり

先帝を追慕す菊の奴かな

大正五年

旅蒲団軽き恙に熟睡《うまい》かな　修善寺にあり。

これよりは恋や事業や水温む　高商俳句会卒業生を送る。

静さや花なき庭の春の雨

麦笛や四十の恋の合図吹く

恋はもの丶男甚平女紺しぼり

生涯の今の心や金魚見る

露の幹静に蟬の歩き居り

大空に又わき出でし小鳥かな

木曾川の今こそ光れ渡り鳥　以上二句。中津川四時庵。

破蕉龍を失して水仙玉をはらめり

闇汁の杓子を逃げしものや何

大正六年

葛城の神饗《みそな》はせ青き踏む　堺に赴く。

山吹の雨や双親堂にあり

春水や矗《ちく》々として菖蒲の芽

明暗屢々す雨の蝸牛かな

大墓先に在り小墓後へに高歩み

人間吏となるも風流胡瓜の曲るも亦　嘲吏青嵐。

蛇逃げて我を見し眼の草に残る

簗見廻りて口笛吹くや高嶺晴

槙柱に清風の蠅を見つけたり

此松の下に佇めば露の我　西の下《げ》大師堂の松。

柿売りしあと鶏頭の小家かな　亡兄の家を守る嫂。

鹿を見ても恐ろしかりし昔かな　風早、鹿島に遊ぶ。

天の川の下に天智天皇と臣虚子と　都府楼址に佇む。

客を喜びて柱に登る子秋の雨　郡山、浜人居を訪ふ。

湯婆に唯一温の草廬なり

大正七年

初空や大悪人虚子の頭上に

老衲《なふ》火燵に在り立春の禽獣裏山に

草の上に蝶を打ちたる書籍赤

鞦《しう》韆《せん》に抱き乗せて沓に接吻す

国難や本尊の前の草の餅

雨雲の下りては包む牡丹かな

夏の月皿の林檎の紅を失す

夏の月人語其辺を行つたり来たり　芥川我鬼、久米三汀等来。二句。
野を焼いて帰れば燈下母やさし
麦笛や四十の恋の合図吹く
船にのせて湖をわたしたる牡丹かな
夏草に下りて蛇打つ烏二羽
礼者西門に入る主人東籬に在り
船に乗れば陸情《け》あり暮の秋
能すみし面の衰へ暮の秋
秋天の下に野菊の花弁欠く
秋雨の風呂二度わかす朝寝かな　堺、一転宅一宿。

大正八年

菖蒲剪るや遠く浮きたる葉一つ
夏痩の頬を流れたる冠紐

蚰《げぢ》蜒《げぢ》を打てば屑々になりにけり
昼寐せる妻も叱らず小商ひ
我を指す人の扇をにくみけり
扇鳴らす汝の世辞も亦よろし
傾きて太し梅雨の手水鉢
寝冷せし人不機嫌に我を見し
いたく揺れて来る提灯や露の道
石一つ震ひ沈みゆく清水かな
やう〳〵に残る暑さも萩の露
山のかひに砧の月を見出せし
行年や門司へわたりの船の中

大正九年

追分を聞いて冬海を明日渡る　小樽。「うれしの」。

冬帝先づ日をなげかけて駒ケ嶽　船に打晴れし駒ケ嶽を見る。
湾を抱く雪の山々は北海道
腐れ水椿落つれば窪むなり
牡丹主《ぬし》傀儡師《でく》よび舞はす座敷かな
藤の根に猫蛇《べうだ》相搏つ妖々と
蓬々と汝が著たる袷かな
どかと解く夏帯に句を書けとこそ
夏めくや化粧うち栄え嬖《おもひもの》
遠雷やいと安らかにある病婦
大桐油無月の舟を蔽ひけり
蘆の穂の明るくなりて夜舟来る
船頭遂に蓑笠つけて雨月かな　以上三句。甲斐、笛吹川舟遊。

大正十年

人形まだ生きて動かず傀儡師
三声ほど炭買はんかと云ふ声す
群衆する人を木の間に御忌の寺
一匹の鰆《さはら》を以てもてなさん
雪解けの雫すれ〲に干蒲団
厚板の錦の黴やつまはじき

大正十一年

春の潮先帝祭も近づきぬ　下関に渡る。
鉢伏に雲のかゝれば春の雨　一の谷の金子邸。
道急になれば春水迸る
新涼の月こそかゝれ槙柱
先に行く提灯萩の水たまり
落葉なほくすぶりありぬ戻り路　嵯峨吟行。

柚子一つ供へてありぬ像の前　祇王寺を訪ふ。
散り紅葉こゝも掃き居る二尊院

大正十二年

佗助や障子の内の話し声　向島百花園。
早苗籠負うて歩きぬ僧のあと
早苗取る手許の水の小揺れかな
水に浮く蝶のむくろや早苗取り
左右の手にとりし早苗を一束ね
笠の端早苗すり〳〵取り束ね
蛍火の傷つき落つる水の上
蛍火の喜びとべる夜更けかな
忘られし金魚の命淋しさよ
曇りなき月影盆の十二日　みさ子さんを悼む。

鵙《もず》一羽高音残して下の木へ
提灯の明らかになる露の道
秋晴に足の赴くところかな

大正十三年

平常著《ふだんぎ》のまゝに寝ねたり風邪の妻
うち晴れて鶯に居る主かな
さしくれし春雨傘を受取りし
早蕨を誰がもたらせし厨かな
棕櫚の花こぼれて掃くも五六日
藪の道人の出て来る祭かな
老禰宜の太鼓打居る祭かな
晩涼の池の萍《うきくさ》皆動く
蝙蝠や遅き子に立つ門の母

耳元に蚊の声のして唯眠し

暑に堪へて双親あるや水を打つ

秋雨のどつと寒しや山の町　秋雨の越前勝山町に至る。

蜻蛉のさら〳〵流れ止まらず

母と娘の清らに住めり萩の宿

秋の蚊の居りてけはしき寺法かな

木枯や鞭につけたる赤き切れ

短日や馬車を駆りたる小買物　以上二句。ハルビン。

水鳥の夜半の羽音やあまたゝび

水鳥の暫し流れて羽搔きかな

水鳥に菜屑すてたり岸の家

いつまでも炭ひいてゐる音すなり

洟かむや時雨日和をめでながら

行年やかたみに留守の妻と我

大正十四年

ばばばかと書かれし壁の干菜かな
屈強の若者寝たり薄蒲団
麦踏んで戻りし父や庭にあり
春寒のよりそひ行けば人目ある
春雪のちらつきそめし芝居前
春めきし水を渡りて向島
我猫をよその垣根に見る日かな
春宵や柱のかげの少納言
皿の絵の漂ひ浮み春の水
雨風に任せて悼む牡丹かな
白牡丹といふといへども紅ほのか
早乙女の重なり下りし植田かな

宗鑑の墓に花なき涼しさよ　観音寺。一夜庵。
方丈に今届きたる新茶かな
降りかくす森見て立ちし田植かな
老僧の蛇を叱りて追ひにけり
とり出でゝ未だ使はず古団扇
蚊の声のむつと打ちたる面かな
花火稍飽きたる空の眺められ
提げて行く廻り燈籠を見舞かな
我声の吹き飛び聞こゆ野分かな
軒借るや又時雨来《く》と言ひながら
一棟の蒲団庫あり菊の宿
佇めば落葉さゝやく日向かな

大正十五年

かりに著る女の羽織玉子酒
恋猫をあはれみつゝもうとむかな
古椿こゝたく落ちて齢かな
鶯や洞然として昼霞
てのひらの上そよ〳〵と流れ海苔
雨に濡れ日に乾きたる幟かな
唯一人船繋ぐ人や月見草
どの楼も客一杯の日覆かな
夕立の池に足洗ふ男かな
古蚊帳の月おもしろく寝まりけり
うちたてば利根の風あり田草取
今一つ奥なる瀧に九十九折
涼み舟人語手に取る如きかな
橋暑し更に数歩を移すなる

底の石ほと動き湧く清水かな
端居して月に仰むく子供かな
雨風や最も萩をいたましむ
七夕の歌書く人によりそひぬ
露の戸をよろぼひ入りて締めにけり
松の塵こぼるゝ見ゆる秋日和
徐々と掃く落葉帚に従へる
初暦頼みもかけず掛けにけり
初富士や双親草の庵に在り

昭和二年

早春の庭をめぐりて門を出でず　二月二十日前後。
踏青や川を隔てゝ相笑める
木々の芽のわれに迫るや法の山

巣の中に蜂のかぶとの動く見ゆ
うなり落つ蜂や大地を怒り這ふ
東風の船著きしところに国造り　以上四句。三月はじめ――十七日。
畑打つて俳諧国を拓くべし
老猫の恋のまとゐに居りにけり　以上二句。念腹のブラジル渡航を送る。
ものの芽のあらはれ出でし大事かな
春雨や忽ちくもる鷹ケ峰　以上二句。三月十七日――三月三十一日。
けふ覚ゆ春の寒さや光悦寺
春山の名もをかしさや鷹ケ峰
一片の落花見送る静かな　以上三句。光悦寺。
静さや松に花ある龍安寺　嵐山。
この庭の遅日の石のいつまでも
うたゝねのさめて日高し桜人　以上二句。龍安寺。
くづをれて団扇づかひの老尼かな　京都滞在中。

セルを著て病ありとも見えぬかな　以上二句。五月十五日―二十七日。
懇ろに寝冷の顔を化粧《つくり》けり　七月頃。
なく声の大いなるかな汗疹の子
箱庭の人に古りゆく月日かな
なつかしきあやめの水の行方かな
御簾几帳吹きゆがめたる野分かな　以上四句。長良川より別府に至る。
遊船や毛布の上の釣道具　箱根蘆の湖。
わだつみに物の命のくらげかな
寺に在る人たづねけり盆燈籠
月の坂高野の僧に逢ふ許《ばか》り　以上二句。高野山奥の院。
新涼や精進料理あきもする　高野山。
清閑にあれば月出づおのづから　横田大審院長退職。
杭に繋ぐ一片舟や月の海
楼の月柱にそひて昇りけり　以上二句。品川、川崎屋。

仲秋や月明かに人老いし　九月十九日―二十九日。

秋空の下に浪あり墳墓あり　鎌倉。

はじまらん踊の庭の人ゆき丶

やり羽子や油のやうな京言葉

東山静に羽子の舞ひ落ちぬ　以上三句。京都に遊ぶ。

御仏に尼が掛け居るかざりかな

昭和三年

しづかにも漕ぎ上る見ゆ雪見舟

柊をさす母によりそひにけり　以上二句。一月十五日―二月初旬。

咲き満ちてこぼる丶花もなかりけり

両の掌にすくひてこぼす蝌蚪《くわと》の水

行人の落花の風を顧みし

楼門のありて春山聳えたり　鞍馬。

思ひ川渡ればまたも花の雨

宿のもの春雨傘を一ト抱へ　以上二句。貴船川に沿うて上手へ遡る。

こゝに又こゝた掃かざる落椿

無住寺の扉に耳や春惜む　以上二句。大原。

浴衣著し我等を闇の包みつゝ

檜扇にかくしおほせて面輪かな　以上二句。六月二十五日―七月十四日。

姉妹《おとどひ》や麦藁籠にゆすらうめ　七月下旬。

草市や一からげなる走馬燈　七月十一日―天神祭。

女出て野分の門をとざしけり

草の戸の残暑といふもきのふけふ　九月十六日―二十八日。

月遅く出でたる山のたゝずまひ　清水寺成就院。

はなやぎて月の面にかゝる雲

われが来し南の国のザボンかな　以上二句。第二回関西俳句大会。

萍《うきくさ》の茎の長さや山の池　領布振《ひれふる》山。

山田守る案山子も兵児《へこ》の隼人かな　熊本を発つて鹿児島に向ふ。
熔岩の上を跣足の島男
秋晴に島のをとめの手をかざし　以上二句。桜島に到る。
秋の灯や世を宇治山の頂に　宇治、花屋敷に投宿。
枝豆を喰へば雨月の情あり
弁当に拾ひためたる木の実かな
旅笠に落ちつゞきたる木の実かな　以上二句。八幡の男山に遊びて。
野路ゆけば野菊を摘んで相かざす　誓子新婚。
茸山の筵の客となりにけり　洛西鳴瀧に松茸狩。
流れ行く大根の葉の早さかな　野道を辿つて多摩川に至る。

昭和四年

明けくれの身をいたはれる懐炉かな
狐火の出てゐる宿の女かな

ほつかりと灯ともる窓の干菜かな　以上三句。昭和三年十二月二十日—昭和四年一月初。

此村を出ばやと思ふ畦を焼く　三月半ば—三月末。

目つむれば若き我あり春の宵　四月四日か。

桂出て尚余りある春日かな　桂離宮。

映りたるつゝじに緋鯉現れし　四月末頃か。

打水の石いつまでもしめり居る　洛北玄琢山荘。

鳴打つてわれをもてなす志　東老灘の塩田。

山羊群れて水溜ある夏野かな　普蘭店に向ふ。途上。

湯の客の送り迎へや柳絮とぶ

扇もて柳絮を払ふ支那婦人　以上二句。湯崗子温泉に著。

烏さへ飛ぶことまれに夏野かな　長春を発つてハルビンに向ふ。

遊船やお牧の茶屋を志す　平壌著。お牧の茶屋。

七盛の墓を包みて椎の露　下関。赤間宮。

宇治川の三方山や蛍狩　舟を宇治川に泛ぶ。

而して蠅叩さへ新しき　佐藤眉峰結婚。
短夜や露領に近き旅の宿
山蟻や昼寐の杣を越えて這ふ　六月二十九日か。
くれといふダンサーにやる扇かな
石ころも露けきものの一つかな
ツェッペリン飛び来し国の盆の月
朝鮮の旅に落しぬ支那扇
春ゆきて秋ゆきてゆく絵巻かな　小杉未醒筆奥の細道絵巻に題す。
横に破《や》れ終には縦に破れ芭蕉　十月か。
藪の穂の動く秋風見て居るか　松本たかしに。
六甲の裏の夜寒の有馬の湯　有馬に遊ぶ。
日かげよりたゝみはじめぬ籾むしろ　城南宮。

昭和五年

子供等に双六まけて老の春

草焼くや迷へる人に立つ仏

もろ翼しかと収めて鷹はあり

半日を提げし土産のさくらもち

竹籬にかゝり連る落椿

宇治川の舟行飛燕頻りなり　宇治吟行。

茨穂麦芥子など活けて句会かな　五月五日。立子居。はじめて玉藻句会。

落書の顔の大きく梅雨の塀　六月二十九日。

神垣に枇杷の生りたるをかしさよ

枝豆や舞子の顔に月上る　以上二句。七月十日。京に遊ぶ。

独《ひと》り居のはし居の場所も極り居り

闇なれば衣まとふ間の裸かな　以上二句。七月二十四日。

前の人誰ともわかず蓮の闇　八月十九日。夜、鶴岡八幡社前蓮池。

事務とるも涼み将棊も欅かげ　八月二十七日。第一回武蔵野探勝会。府中の欅並木。

大いなる月の暈あり巨椋池　九月八日。巨椋池に満月を見る。
秋山や橡《くぬぎ》をはじき笹を分け　九月三十日。多摩の横山。
舟漕いで亭主帰りぬ沼の秋　十月八日。手賀沼。
犬の踏む落葉の音を顧みし　十一月十三日。
小刀で落書したる冬木あり　十二月三日。保谷、小金井。

昭和六年

土産には京の寒紅伊勢の箸　一月九日。
垂れ下る氷柱の紐を結ばゞや　一月十二日。
菅の火は蘆の火よりもなほ弱し　一月十八日。江戸川。
弔ひのあるたび出づる冬籠　一月二十六日。
大試験山の如くに控へたり　二月十三日。
蕗の薹の舌を逃げ行くにがさかな　二月二十日。
うき草の生ひしところに波見ゆる　三月十日。

土佐日記懐にあり散る桜　四月二日。土佐国分村に貫之の邸址を訪ふ。

龍巻に添うて虹立つ室戸岬　四月三日。室戸岬。

このよしをひろ子に告げよ業平忌　中村屋にて。探題業平忌。

花だより書くひまありし貴船かな　四月十三日。

川波に山吹映り澄まんとす　四月二十二日。

笠のはし水につけ〳〵早苗とる

草抜けばよるべなき蚊のさしにけり　六月十八日。

薄々と繭を営む毛虫かな

瀧水に現れそめし蛍かな　以上二句。六月二十一日。正福寺蛍見。

赤なしの柿右衛門なる鮓の皿

プルシャン・ブリユーの鮓の皿もあり　以上二句。七月一日。

小百姓埃の如き麦を刈る　七月三日。日光街道。

夕影は流るゝ藻にも濃かりけり　七月十九日。古利根。

鮎の籠提げて釣橋走り来る　八月二日。奥多摩。

大蛾来て動乱したる灯虫かな　八月十四日。
干草の山が静まるかくれんぼ　九月三日。
蜘の糸がんぴの花をしぼりたる
秋雨の背の子は仰ぐ傘の裏　以上二句。九月六日。
雁瘡を掻いて素読を教へけり　九月十一日。
門に出て夫婦喧嘩や落し水　九月十四日。
われの星燃えてをるなり星月夜　九月十七日。
仲秋や大陸に又遊ぶべく　十月九日。
破蓮の濠を庭とす旅館かな　十月十六日。富山市、富山館。
秋風や生徒の中の島女　十月二十三日。江の島、金亀楼。
たてかけてあたりものなき破魔矢かな　十一月六日。週刊朝日新年号。
慟哭せしは昔となりぬ明治節　十一月十三日。
藤落葉してどの部屋も客のなし　十一月十五日。二子多摩川、柳家。
時雨れつゝ大原女言葉多きかな　十一月十九日。

羽抜鳥身を細うしてかけりけり　十二月二日。
鷹の目の佇む人に向はざる　十二月十一日。

昭和七年

水仙や表紙とれたる古言海　一月二十八日。
草萌や大地総じてもの〳〵し　二月八日。
学僧に梅の月あり猫の恋　二月二十二日。
叱られて泣きに這入るや雛の間　三月十日。
慌し花信到りて雨到る　四月八日。
花の雨降りこめられて謡かな　四月十二日。京都宿。安倍、和辻来り、謡一番。
行平に土筆煮え居る母の居間　四月十四日。大阪。
花に消え松に現れ雨の糸　四月十五日。嵐山。
宴未だはじまらずして花疲　中村屋。
鯉群れて膨れ上りぬ春の水　四月十八日。大阪網島、耕雪邸。

結縁は疑もなき花盛り
韓青畝ひとり離れて花下に笑む　以上二句。四月十九日。
砂の上曳きずり行くや桜鯛　堺、開口神社。
折り持てる山吹風にしなひをり　五月一日。浅川村初沢、高乗寺。
燕のゆるく飛び居る何の意ぞ　五月七日。四ツ木、吉野園。
春の浜大いなる輪が画いてある
海も山も暮れてしまうて唯涼し　以上二句。五月九日。片瀬西浜、保岡別邸。
珊々と春蟬の声揃ひたる
蓑著けて出づ隠れ家や蕗の雨　以上二句。五月十三日。
真直ぐに祭の町や東山　六月二十三日。
裸子の頭そりをり水ほとり　七月三日。熊谷、龍淵寺。
日焼せる子の顔を見て笑ひけり　七月十一日。
後架の戸あくれば出づる山の蝶　七月三十一日。榛名湖にいたる。
京伝も一九も居るや夕涼み　八月八日。代地河岸。

鶏を吹きほそめたる野分かな　八月十日。

いちじくをもぐ手に伝ふ雨雫　九月三十日。

くはれもす八雲旧居の秋の蚊に　十月八日。松江。八雲旧居を訪ふ。

遅月の上りて暇申しけり　二条、巨陶邸。

山間《あひ》の霧の小村に人と成る

顔よせて人話し居る夜霧かな　十月二十日。泊雲居を想ふ。二句。

いたみ柿頰やけ阿弥陀に供へあり　十月二十六日。十二所光触寺。

草枯や泣いてつき行く子ははだし　十一月六日。真間手古奈堂。

刈萩をそろへて老の一休《み》　十二月二日。植物園。

風邪引の鼻のつまりし美人かな　十二月七日。

昭和八年

丸ビルをうろ〳〵出初くづれかな　一月五日。

襟巻の狐の顔は別にあり　一月十二日。

凍蝶の己が魂追うて飛ぶ
駈け込みし女房の髪に霰かな　以上二句。一月二十六日。
霜解の道返さんと顧みし　一月二十九日。
枯蓮の間より鴨のつゞき立つ
鴨の嘴《はし》よりたら〳〵と春の泥　以上二句。三月三日。横浜、三渓園。
草萌や百花園主のそゞろなる　三月七日。
山焼の煙の上の根なし雲　三月二十五日。
立ちならぶ辛夷《こぶし》の蕾行く如し　三月三十日。
人込みの春雨傘にぬれにけり　三月三十一日。
出代の醜き女それもよし
女より男なほよし朧の夜　以上二句。四月四日。
鶺鴒《せきれい》が枝垂桜にとまりたる　那智神社。
鬢に手を花に御詠歌あげて居り　青岸渡寺。
三熊野の花の遅速を訪ねつゝ　新宮、本広寺。

石に腰縁起買ひ読む花の下　本宮、熊野坐神社。

鶯や御幸の輿もゆるめけん　中辺路、懐古。

絵巻物にあるげの桜咲いてをり　道成寺に立寄る。

青ざめてうつむいてをり花の酔　四月十七日。嵯峨、妙智院。

俯すごとく走れる人やはたゝ神　五月九日。

左右より水打つて出し奴かな　五月十四日。

虹立ちて雨逃げて行く広野かな　五月二十五日。

緑蔭や人の時計をのぞき去る　六月二日。

囀《さへづり》や絶えず二三羽こぼれ飛び　六月十三日。北海道俳句大会。兼題。

ひやくひろを通る音ある麦湯かな　六月十八日。

浴衣著て少女の乳房高からず　七月十二日。

軒並に焚く送り火や宿とらん　七月十六日。

戻る子と行く母と逢ふ月見草　七月二十七日。

旱魃や百姓の唯歩きをる

まじ〳〵と寝てゐたりけり暑気中り　以上二句。八月四日。

地について曲りたわめる長豇豆《さゝげ》　八月六日。玉川村上野毛。

船涼し己が煙に包まれて　八月十七日。青函連絡船松前丸船中。

皆降りて北見富士見る旅の秋

野付牛《のつけうし》出でゝほつ〳〵萩ありぬ　以上二句。八月二十一日。るべしべ駅。

沢水の川となり行く蕗がくれ　奥しん別川橋上休憩。

燈台は低く霧笛は峙《そばだ》てり　八月二十三日。釧路港を見る。

草刈の柄長き鎌を一ふるひ　八月二十五日。札幌神社社務所。

蠅のんで色変りけり蟇　九月十五日。

一筋の煙草のけむり夜学かな　九月二十九日。

此頃は柚子を仏に奉る　十月六日。

秋の蝶黄色が白にさめけらし　十月二十三日。

顔抱いて犬が寝てをり菊の宿　十一月三日。

大原の子は遊びをる時雨かな　十一月七日。

物指で背《な》かくことも日短か

来るとはや帰り支度や日短か　以上二句。十一月十九日。

雑炊に非力ながらも笑ひけり　十二月八日。

焼芋がこぼれて田舎源氏かな　十二月十日。

我が顔の穴目さがすや冬の虻　十二月十四日。

煤竹を持つて喧嘩を見に出たり

老一人いつまで煤の始末かな

裏表ぼろ屑買ひや煤の家　以上三句。十二月二十一日。

昭和九年

石段に一歩をかけぬ初詣　一月一日。鶴ケ岡八幡宮初詣。

八ッ口に懐手して女かな　一月二十五日。

大試験音楽会の切符あり　二月二十二日。

磯遊び二つの島のつゞきをり　三月九日。

本堂の床下通り萱運ぶ　三月二十三日。妙本寺。
旅は春赤福餅の店に立つ　四月八日。朝、宇治山田駅下車。
畑打も女が多し南伊勢　四月九日。
雨の傘燕にあげぬ橋の人
二代目の女あるじや花の宿　四月十三日。嵐山、花の家。
四畳半三間の幽居や小米花　四月十四日。洛北岩倉村、岩倉公遺跡。
事務多忙頭を上げて春惜む　四月二十九日。
羽抜鳥吃々として高音かな　六月八日。
蚊遣焚く家やむつまじさうに見ゆ　六月二十八日。
脚気病んで国に帰るといとまごひ　七月九日。
閻王に笑みかはし行く男女かな　七月十五日。
玉虫の光り残して飛びにけり　七月二十三日。
霧雨や湖畔の宿の旗下ろす　八月十七日。箱根。
何となく人に親しや初嵐　八月二十三日。

星隕つる多摩の里人砧打つ　九月七日。
大いなるものが過ぎ行く野分かな
秋風や何の煙か藪にしむ　十月二十七日。たかし庵。
短日の駒形橋を今渡る　十二月二日。遊覧自動車にて東京見物。
払ひ立つ焚火埃や雪催ひ　十二月二十八日。百花園。

昭和十年

神近き大提灯や初詣　一月一日。明治神宮初詣。
猫柳光りて漁翁現れし
雪国や使ひ小女郎の滑り靴　以上二句。一月十一日。
里方の葵の紋や雛の幕
雛の幕引きも絞りて美しや　以上二句。三月三日。近藤邸雛祭。
緞通に腹匐ひ歩む仔猫かな　三月八日。
一を知つて二を知らぬなり卒業す　三月十二日。

園丁の指に従ふ春の土　四月四日。百花園。
よき椅子にどかと落ちこみ花の館　四月七日。高輪御殿山、岩崎邸。
道のべに阿波の遍路の墓あはれ　四月二十五日。西ノ下。
藤垂れて今宵の船も波なけん　四月二十六日。豊坂町、亀の井。
秋篠はげんげの畦に仏かな
奈良茶飯出来るに間あり藤の花　以上二句。五月一日。
旅戻り牡丹くづるゝ見て立てり　五月十三日。
已れ毒と知らで咲きけり罌粟の花　五月三十一日。植物園。
知らぬ男雇はれてをる麦の秋
田植笠並びかねたる如くなり　以上二句。六月十日。
檝《かぢ》の音ゆるく太しや行々子　六月二十四日。
山の蝶飛んで乾くや宿浴衣
土産店客に野分の戸を細目　以上二句。八月五日。箱根、松坂屋。
麗人とうたはれ月もまだ齢けず　十月六日。多摩川日活。入江たか子に会す。

神とはに見る朝霧の明石の門《と》　十月十五日。明石、人丸社。

秋の蚊のうかみ出でけり苔の上　十月十七日。洛西、苔寺。

かわ〳〵と大きくゆるく寒鴉　十二月十二日。

日向ぼこりして焦躁を免れず　十二月二十三日。

観音は近づきやすし除夜詣　十二月三十一日。浅草観音、除夜詣。

昭和十一年

鴨の中の一つの鴨を見てゐたり　一月二日。武蔵大沢。

麦踏や暖かなれど著ぶくれて

我心春潮にありいざ行かむ　二月十九日。神戸上陸。

日本を去るにのぞみて梅十句　二月二十一日。朝、門司上陸。

稲妻のするスマトラを左舷に見　三月五日。出航。

月も無く沙漠暮れ行く心細そ　三月二十一日。蘇士入港。カイロに行く。

アネモネは萎れ鞄は打重ね　四月三日。巴里、友次郎下宿に滞在。

夜話遂に句会となりぬリラの花　ベルリン大使館晩餐会。
箸で食ふ花の弁当来て見よや　ヴエルダー。
国境の駅の両替遅日かな　ツォ駅発、独・蘭国境に向ふ。
倫敦の春草を踏む我が草履
この暑さ火夫や狂はん船やとまらん　帰路。紅海。
亘りたるリオ群島は屛風なす　新嘉坡入港。
船涼し左右に迎ふる壱岐対馬　六月十日。対馬見え壱岐見え来る。
戻り来て瀬戸の夏海絵の如し　船中、郷里の島山を見る。
美しき茂りの港目のあたり　横浜港外に投錨。
遊船に三味さげて行く多摩芸者　六月二十七日。多摩川、水光亭。
籐椅子にあれば草木花鳥来
我が前に夏木夏草動き来る　以上二句。七月十八日。
待合の簾の裾の路地西日　七月二十一日。築地、きん楽。
麻の中雨すい〳〵と見ゆるかな　八月十四日。

俳諧の忌日は多し萩の露　八月二十日。旭川邸元忌。
かみなりの好きな妓《をんな》と端居かな　九月四日。
露草を面影にして恋ふるかな
命かけて芋虫憎む女かな　以上二句。九月十一日。
目さむれば貴船の芒生けてありぬ　九月十七日。京都一泊。
障子貼る大原女あり尼の寺　九月十八日。大原行。
月の暈大いなるかな由比ケ浜
波音に砂丘の虫の高音かな　以上二句。九月三十日。観月句会。
欄干によりて無月の隅田川　十月一日。
宵闇に連立ち出でし女かな　十月九日。
芭蕉忌や遠く宗祇に溯る　十月十二日。
椀ほどの竹生島見え秋日和
鳶の影すぐそこに落つ菌《きのこ》山　以上二句。十月十五日。近江、曼陀羅山松茸狩。
秋の水木曾川といふ名にし負ふ　十月十八日。名古屋、日本ライン。

げてものは嫌ひで飛騨の秋は好き　げてものは白川郷が本場なりとのこと。

から〱と鳴子の音の空に消え

山高く水長うして崩れ簗　以上二句。十月二十二日。

秋晴や手たゝく方に子供あり　十一月三日。日比谷公園。

十夜婆よろめき坐る人の中

母と子と拾ふ手許に銀杏散る　以上二句。十一月十五日。

客あれば鉱泉沸かす紅葉宿　十一月二十七日。十二社温泉。

神は唯覧《みそなは》すのみ初詣

昭和十二年

日ねもすの風花淋しからざるや　一月二日。新潟行。

春著の妓《こ》右の袂に左の手　一月四日。きん楽。

そのまゝに君紅梅の下に立て　一月三十一日。

まが罪を背負ひて立てる婢子《はふこ》かな

雛の顔鼻無きがごとつる〳〵と　以上二句。三月五日。

たとふれば独楽のはじける如くなり　三月二十日。碧梧桐とはよく親しみよく争ひたり。

妹よ来よこゝの土筆は摘まで置く　四月二日。

さま〴〵の情のもつれ暮の春　四月十八日。

馬酔木折つて髪に翳せば昔めき　五月六日。

時じくぞ雨は降りける更衣　五月二十四日。

藻の花や母娘《おやこ》が乗りし沼渡舟　六月六日。我孫子。

桑の実や父を従へ村娘

彼の女夏手袋の大ボタン　以上二句。六月十一日。

恋すてふ青鬼灯の垣根かな　七月九日。

引いて来し夜店車をまだ解かず　七月十四日。

這ひよれる子に肌脱ぎの乳房あり

肌ぬぎし如く衣紋をいなしをり　以上二句。七月十八日。

へこみたる腹に臍あり水中り　七月二十二日。

月あれば夜を遊びける世を思ふ　七月二十四日。
棚瓢かたみに動き初嵐　八月十六日。
松魚舟子供上りの漁夫もゐる　九月五日。
屋根裏の窓の女や秋の雨　九月十日。
稲妻をふみて跣足の女かな　九月十一日。
其人を恋ひつゝ行けば野菊濃し　十月八日。
落花生喰ひつゝ読むや罪と罰　十月十六日。
実をつけてかなしき程の小草かな　十月二十七日。
智照尼は昔知る人薄紅葉　十一月三日。光悦寺、祇王寺。
静さに耐へずして降る落葉かな　十一月十四日。
酔ひたはれ握る冷たき老の手よ　十一月二十二日。
枯るゝ庭ものゝ草紙にあるがごと
此庭も夫唱婦随の枯るゝまゝ　以上二句。十一月三十日。風生居。
女を見連れの男を見て師走　十二月十一日。

我生や今日の短き日も惜しゝ　十二月十三日。

話のせて車まつしぐら暮の町　十二月十七日。

行年や歴史の中に今我あり　十二月二十五日。

昭和十三年

初句会浮世話をするよりも　一月一日。

旗のごとなびく冬日をふと見たり　二月四日。

小ざつぱりしたる身なりや針納　二月七日。

桜貝波にものいひ拾ひ居る

朧夜や男女行きかひ〳〵て　以上二句。三月二十四日。

鬱々と花暗く人病みにけり　四月三日。

彼の女春日まぶしく瞬けり　四月四日。

肴屑俎にあり花の宿

語り伝へ謡ひ伝へて梅若忌　以上二句。四月十一日。

お祭に出歩く兄をうとみ見る　五月九日。

国《くに》中《なか》の田植はじまる頃なりし

春山を二つに断てり金ほると　以上二句。五月十七日。佐渡に一遊。

魚《や》簗《な》見えず霧立ちのぼるばかりなり　五月二十一日。

休んだり休まなんだり梅雨工事　六月二十日。

箱庭の月日あり世の月日なし

己が羽の抜けしを啣《くは》へ羽抜鳥　以上二句。六月二十四日。

聞えざる涼み芝居を唯見をり

涼み芝居舞台暗くて愁嘆場　以上二句。七月四日。女剣劇大江美智子一座。

羽にある赤き眼や揚羽蝶

蜘蛛の囲の破れしこの径誰が行きし　以上二句。七月九日。

日焼田をあはれと見るも日毎かな　七月十一日。

大文字や人うろつける加茂堤　七月十五日。

端居して昔の人を恋ひにけり　七月二十七日。

紫蘇の実を鋏の鈴の鳴りて摘む　九月十六日。

山河こゝに集り来り下り簗　九月二十二日。

秋風や心の中の幾山河　九月二十九日。

もの置けばそこに生れぬ秋の蔭　十月三日。

話しつゝ栗むいでくれ〳〵　十月七日。

嗜まねど温め酒はよき名なり　十月十日。

歴史悲し聞いては忘る老の秋　十月二十一日。屋島に遊ぶ。

藪じらみつけ我袖をなつかしむ　十月二十七日。

これよりや時雨落葉と忙がしき　十一月三日。武蔵調布別宅、胸像除幕式。

凍蝶の眉高々とあはれなり　十一月十四日。

焚火そだてながら心は人を追ふ

右手《めて》は勇左手《ゆんで》は仁や懐手　以上二句。十一月二十八日。

踏みくだきありて形や朴落葉　十二月四日。小石川植物園。

うらむ気は更にあらずよ冷たき手　十二月九日。

襟巻に深く埋もれ帰去来《かへんなん》 十二月十八日。竈山神社献句式。帰路。

昭和十四年

龍の玉深く蔵すといふことを 一月九日。

悴《かじか》める手は憎しみに震へをり 一月十六日。

花のごと流るゝ海苔をすくひ網 一月十九日。

藪入や母にいはねばならぬこと 一月二十五日。

しづみ行く枯木の中の夕社 一月三十一日。下鴨、糺の森。

かぼそくも打臥しおはす風邪寝かな 二月六日。

茶房暗し春灯は皆隠しあり 二月十四日。西銀座、レデー・タウン。

春水をたゝけばいたく窪むなり 二月十六日。

春雲は棚曳き機婦は織り止めず 三月四日。

鷹のごと鳶舞ひ澄むや草を摘む 三月二十三日。

糸を取る母が悲しや夕間暮 四月二十七日。

汐干潟唯歩きをる男かな

長靴をはける女や汐干狩　以上二句。五月七日。

代馬は大きく津軽富士小さし　五月二十六日。猿賀神社。

相語り池の浮葉もうなづきぬ　五月三十一日。紅緑上京。二三子と不忍、笑福亭に会す。

退屈な梅雨の二階を下りて来し　六月八日。

汝にやる十二単衣といふ草を　つき来りし宿の婢に。

祖《おや》を守り俳諧を守り守武忌《も》　七月六日。

此上は比叡の座主の秋を待つ　八月十四日。渋谷慈鎧毘沙門堂門跡に。

打水をよろめきよけて病犬　九月二日（二百十日）。

松の月暗し〳〵と轡虫　九月八日。

老松の己の露を浴びて濡れ　九月二十二日。戸塚在、松並木。

山々の男振り見よ甲斐の秋　九月二十四日。蓼科高原。

黄な蝶のつういと飛べば目路も黄に　十月七日。

風知草女主の居間ならん　十月十日。赤坂新坂、吉田旅館。

鳰がゐて鳰の海とは昔より　十月十七日。琵琶湖ホテル滞在。
淋しさの故に清水に名をもつけ　幻住庵句会。
思ひ佗び此夜寒しと寝まりけり
老ぬればあたゝめ酒も猪口一つ　以上二句。十月二十三日。
秋風やとある女の或る運命《さだめ》　十月二十四日。
よき衣によろこびつける草虱　十一月六日。
明治節大帝日和かしこしや　十一月十日。
雨の柚子とるとて妻の姉かぶり　十一月十四日。
麦蒔やいつまで休む老一人　十一月十七日。
手毬唄かなしきことをうつくしく　十二月一日。
一壺あり破魔矢をさすにところを得　十二月七日。
そこにあるありあふものを煩被　十二月十九日。
手紙出しに行く婢佇み羽子を見る
羽子板を口にあてつゝ人を呼ぶ　以上二句。十二月二十三日。日本橋中洲。

一日もおろそかならず古暦　十二月二十九日。

昭和十五年

大寒の埃の如く人死ぬる
大寒や見舞に行けば死んでをり　以上二句。一月九日。
松過ぎの又も光陰矢の如く　一月十日。
万才の佇み見るは紙芝居　一月十一日。
福引に一国を引当てんかな　一月十八日。
子を抱いて老いたる蚤や猫柳　二月十二日。
尼寺に小句会あり鳴雪忌　二月二十日。
機下りて草摘みに出る孀《やもめ》かな　三月十四日。
繕ひし垣根めぐらし隠れ栖む　三月十五日。
こゝに又住まばやと思ふ春の暮　三月二十四日。風早西ノ下、旧居のあとにて。
蝶もとびふるさと人もたもとほり　四月三日。

榾火焚き呉る丶女はかはりをり　四月七日。夢中にて得たる句。
上ミ京の花菜漬屋に嫁入し　四月十二日。
涼しさは下品下生の仏かな　五月三日。
柏餅家系賤しといふに非ず　五月九日。
どで〳〵と雨の祭の太鼓かな
軒浅き夕《ゆふべ》あかりに糸取女　以上二句。五月十七日。
頭にて突き上げ覗く夏暖簾　五月三十日。
一院の静なるかな杜若《かきつばた》　六月五日。
営々と蠅を捕りをり蠅捕器　六月十四日。
羽抜鳥卒然として駈けりけり　六月二十七日。
丹波の国桑田の郡氷室山
何人か哄笑し居る夏山家　以上二句。七月六日。
汝が為の願の糸と誰か知る　七月七日。
雷雲に巻かれ来りし小鳥かな　八月三日。富士山麓山中湖畔。

夏山のおつかぶさりて土産店　八月十七日。元箱根、松坂屋。
我が命つゞくかぎりの夜長かな　九月二十日。
秋風に吹かれ白らめる面かな　十月九日。
秋晴や心ゆるめば曇るべし　十一月一日。
眉目よけん大根洗ひの顔上げず
吾《わ》も老いぬ汝《なれ》も老いけり大根馬　以上二句。十一月八日。
老い朽ちて子供の友や大根馬
嘶《いなな》きてよき機嫌なり大根馬　以上二句。十一月十二日。
おでんやを立ち出でしより低唱す　十二月六日。
これを食《め》せ韮雑炊をあたゝめん　十二月二十日。
懐手して俳諧の徒輩たり
左手は無きが如くに懐手　以上二句。十二月二十六日。
冬日洽《あまね》しなべて生きとし生けるもの　十二月二十七日。

昭和十六年

煤けたる都鳥とぶ隅田川　二月八日。

書乏しけれども梅花書屋かな　二月二十六日。

一本の紅梅ゆゑに曲り角　三月七日。日比谷公園。

維好日日あたゝかに風さむし　三月二十七日。

山辺《やまのべ》の赤人が好き人丸忌　四月八日。

炉の隅に物捨甕も置かれありし　四月七日。非無を嘗て明達寺に訪ふ。

なとがめそ子供がなくて朝寝妻　四月二十四日。

元禄の昔男と春惜む　五月五日。其角の三日月の文台を見る。

病人に結うてやりけり菖蒲髪　五月八日。

この里の苗代寒といへる頃　五月九日。

軽暖に病むといふ程にてはなし　五月三十一日。甲子園に佐藤紅緑を見舞ふ。

夏潮の今退《ひ》く平家亡ぶ時も　六月一日。門司著。舟に乗り平家滅亡の跡を弔ふ。

壱岐の島見え来りけり夏の海
西日今沈み終りぬ大対馬
壱岐低く対馬は高し夏の海　以上三句。同日、出帆。
送り来て茲に別る、柳絮飛ぶ　平壌、お牧の茶屋に入る。
摘みとれば霞へをるなり草桔梗　舞子にて。
ハンケチに雫をうけて枇杷すゝる　七月六日。
夏襟の今年の妹が好みかな　七月七日。
山川にひとり髪洗ふ神ぞ知る　七月九日。
示寂すといふ言葉あり朴散華　七月十七日。川端茅舎永眠。
襷とりながら案内や避暑の宿　八月十七日。元箱根、松坂屋。
世の様の変りはすれど子規忌かな　九月十二日。
松茸の香りも人によりてこそ　十月二日。天台座主渋谷慈鎧より松茸を贈り来る。
菊其他キヤラメルも亦供へあり
小時来て柘榴を供へ拝みけり　以上二句。実花、小時、はん、弔に高木に来る。

噂過ぐ時雨のすぐる如くにも　十一月十日。
大根を水くしや〳〵にして洗ふ　十一月二十一日。
心ひまあれば柊花こぼす　十一月三十日。
年は唯黙々として行くのみぞ　十二月十九日。

昭和十七年

口あけて腹の底まで初笑
狂言の鹵《おろか》大名初笑　以上二句。一月九日。
風さつと焚火の柱少し折れ　一月十五日。
御仏は伎芸天女や寒牡丹
そのあたりほのとぬくしや寒牡丹　以上二句。一月十九日。
失せてゆく目刺のにがみ酒ふくむ　三月二十日。
風塵にひたと閉して花の寺　三月二十九日。
たんぽゝの黄が目に残り障子に黄　四月三日。

見廻して顧みもして親雀　四月十三日。

老農は茄子の心も知りて植ゆ　五月八日。

顔そむけ出づる内儀や溝浚　五月十九日。

樹下に在り常に毛虫を感じつゝ　六月十三日。

宗祇忌を今に修することゆかし　七月三十一日。香村、早雲寺に宗祇忌を修す。

向日葵が好きで狂ひて死にし画家　八月八日。初めて実朝祭を修す。

何事も人に従ひ老涼し　八月九日。

秋の蚊を手もて払へばなかりけり　九月五日。

萩を見る俳句生活五十年　九月十一日。

悲しさはいつも酒気ある夜学の師

夜学の師少なき生徒一眺《め》　以上二句。九月十二日。

起きてゐる娘《こ》の宿見舞ふ野分かな　九月十六日。

去来忌やその為人《ひとゝなり》拝みけり　十月九日。

一枚の瑞葉抱きて破芭蕉　十月二十三日。

天地の間にほろと時雨かな　十一月二十二日。
死ぬること風邪を引いてもいふ女　十二月四日。
砕かるゝ冬木は鉈のいふがまゝ　十二月十四日。

昭和十八年

道のべの延命地蔵古稀の春　一月七日。小石川、護国寺。
初夢の唯空白を存したり
寒鯉の一擲したる力かな　以上二句。一月八日。
点々と黒きは温泉宿雪の原　一月二十九日。
寒月や其面《おも》のしみ明かに　二月七日。
眉上げて打ちほゝゑみて野火を見る　二月十日。
豆雛に大きなお萩妹ケ宿　二月二十七日。蔦家。
日をのせて浪たゆたへり海苔の海　三月九日。
われが手にさすり減りたる桐火鉢　三月十三日。

京言葉浪花言葉や春の旅　三月二十三日。

見るところ花はなけれどよき住居　四月九日。

法外の朝寝もするやよくも降る　四月十九日。

スリッパを越えかねてゐる仔猫かな　四月二十二日。

息子住む田舎家に来て春惜む　四月二十四日。武蔵調布、友次郎宅。

尾は蛇の如く動きて春の猫　四月二十五日。

朧とはけふの隅田の月のこと　四月二十六日夜。

君とわれ惜春の情なしとせず　五月二日。

藤蔓の船の屋根摺る音なりし　五月十日。嵐山、花の家。

素袷の心にはなり得ざりしや　五月二十一日。自殺せる若柳敏三郎を悼む。

ひとたびは明易き夢ならばとも　五月。人を悼む。

悠久を思ひ銀河を仰ぐべし　八月九日。小田中久二雄、重態とのこと。

人走る瀧見戻りの俄《か》雨

家二三ある山蔭に瀧ありと　以上二句。八月十二日。箱根湯本、清光園。

秋風や顧みずして相別る　藤崎雀田を訪ふ。九月七日。
瀧の威に恐れて永くとゞまらず　九月七日。
歌膝を組み直しけり虫の宿　九月十六日。
交りは薄くも濃くも月と雲　九月十八日。十七日、永田青嵐逝く。
夕立来て右往左往や仲の町　九月二十一日。吉原引手茶屋山口巴。
もんぺ穿き傘たばさみて子規墓参　子規墓参。
木犀や明治の文化この谷戸に　十月十二日。鎌倉笹目、星野宅。
秋晴の少し曇りしかと思ふ
天高し雲行くまゝに我も行く　以上二句。十月十三日。
妾より美しき妻冬支度　十月十九日。
初時雨その時世塵無かりけり　十一月七日。
紅葉せるこの大木の男振り
京人の顔の白さや夕時雨　以上二句。十一月十二日。
不思議やな汝《なれ》が踊れば吾が泣く　愛子の母唄ひ踊り愛子も亦踊る。

無名庵に冬籠せし心はも
袖無を著て湖畔にて老いし人
湖の寒さを知りぬ翁の忌　以上三句。十一月二十一日。大津義仲寺無名庵芭蕉忌法要。

こゝに来てまみえし思ひ翁の忌　十一月二十三日。上野、愛染院に於ける芭蕉忌に列席。

掛稲の伊賀の盆地を一目の居　同日、菊山九園居。

冬空を見ず衆生を視大仏　十一月二十八日。長谷大仏。

障子しめ自恃庵とぞ号したる　十二月十日。

風邪引のがつ〳〵喰ふ湯づけかな　十二月十四日。

昭和十九年

寄鍋に貧交行《ひんかうかう》を忘れまじ　一月十八日。
雪よりも真白き春の猫二匹　二月七日。
白酒の紐の如くにつがれけり
瓶のまゝ白酒供へ雛は粗画　以上二句。三月四日。

老いて尚なつかしき名の母子草　三月十四日。
手を拍つて三人笑ふ青き踏む　三月二十七日。
春眠や忍び寄りたるものの音　四月七日。
手を挙げて走る女や山桜　四月二十七日。
此村に一歩を入れぬ繭景気　五月六日。
根切虫あたらしきこととしてくれし　六月二日。
芋虫に命細りし女かな　六月十日。
我が打つて飜り死ぬ蠅あはれ　六月十一日。
辛辣の質《さが》にて好む唐辛子　七月二十五日。
加ふるに団扇の風を以てせり　七月二十九日。歓待。
背中には銀河かゝりて窓に腰　八月二十一日。
各々は小諸寒しとつぶやきて　十一月五日。
蕎麦干してゐて時雨るゝを知らぬげに
山の名を覚えし頃は雪の来し　以上二句。十一月六日。小諸。

山国の冬は来にけり牛乳《ちゝ》を飲む
一塊の冬の朝日の山家かな　以上二句。十一月十日。小諸。
我寒さ訪ひつどひ来る志　十一月十二日。虚子慰問俳句会。小諸草庵。
年木積み即ちこれを風除けに　十二月十一日。小諸。
凍て衣昨日も今日も干してあり
其辺を一と廻りして唯寒し　以上二句。十二月二十七日。迷子、菖蒲園来。小諸。

昭和二十年

姉妹の姉の文先づ読みはじめ　一月一日。古川悦子、時子より手紙。小諸。
里人はしみるといひぬ凍きびし
蓆《むしろ》垂れ雪の伏屋といふ姿　以上二句。一月七日。小諸草庵。
榾《ほだ》の火の大旆《たいはい》のごとはためきぬ　一月十一日。鎌倉帰庵。星野立子宅。
冬山の日当るところ部落あり　一月二十九日。小諸。
風多き小諸の春は住み憂かり　三月十一日。小諸。

紅梅や旅人我になつかしく　四月十四日。小諸、懐古園に遊ぶ。

我が作る田はこれ〳〵と春の風　四月十八日。塩名田に臼田恵之助を訪ふ。

春雷や傘を借りたる野路の家　四月二十七日。杜子美居の祭に招かる。

手拭をかぶりて主婦や桃の家　五月六日。小諸。

山国の蝶を荒しと思はずや　五月十四日。年尾、比古来る。小諸。

夏草に延びてからまる牛の舌　六月三日。小諸。

昼寝してくづをれゐしが諸君来し　六月九日。小諸。

浅間嶺の一つ雷訃を報ず　八月四日。矢野麻女の訃至る。

芋くれぬ分家の人を使とし　志賀村、神津雨村。

秋蟬も泣き蓑虫も泣くのみぞ

盂蘭盆会其勲《いさをし》を忘れじな

敵といふもの今は無し秋の月

黎明を思ひ軒端の秋《あき》簾《す》見る　以上四句。八月十五日。詔勅を拝し奉りて。小諸。

こゝに住む我子訪ひけり十三夜　十月十九日。上京。調布、友次郎居。

大根を鷲づかみにし五六本　十一月四日。小諸。

時雨つゝ我等四五人墓参り　十一月八日。丹波竹田、西山小鼓子宅。

稲扱機踏みて親娘のよく揃ひ　十一月九日。但馬和田山、古屋敷香葎居。

炬燵出ずもてなす心ありながら　十一月二十七日。小諸草庵に諸子落合ふ。

二三子と木の葉散り飛ぶ坂を行く　十一月二十九日。小諸。

冬籠坐右《う》に千枚どほしかな

浅間今雪雲暗く封じたる　以上二句。十二月二日。小諸草庵。

山越えてもどる子供や桑枯るゝ　十二月五日。松本市浅間温泉。

句を玉と暖めてをる炬燵かな　十二月六日。昨日の続き。

すさまじき世の落潮や年の暮　十二月十九日。上京。竹原はん居。

うせものをこだはり探す日短

年木割る音今日もして山家かな

思ふこと書信に飛ばし冬籠

改めて欄間見上げぬ冬籠　以上四句。十二月二十六日。立子、泰と共に小諸草庵にて稽古会。

昭和二十一年

時雨るゝと目を瞑りたるばかりなり　一月四日。月尚追悼。

初笑深く蔵してほのかなる　一月五日。小諸山廬。

覆とり互に見ゆ寒牡丹　一月六日。小諸、稽古会。

外《と》に立ちて氷柱の我が家侘しと見　一月八日。

大雪の家や各々住めりけり　一月十二日。稽古会。小諸。

日凍てゝ空にかゝるといふのみぞ

厳といふ字寒といふ字を身にひたと　以上二句。一月十三日。稽古会。小諸。

耳袋とりて物音近きかも　一月二十日。稽古会。小諸。

見下ろしてやがて啼きけり寒鴉　一月二十七日。

節分や鬼もくすしも草の戸に　二月三日。

世の中を遊びごゝろや氷柱折る　二月十一日。

煎豆をお手のくぼして梅の花　二月十七日。

うるほへる天神地祇や春の雨　三月二十八日。

初蝶来何色と問ふ黄と答ふ　三月二十九日。

初蝶の一《と》風情見せ失せにけり　四月二十四日。素十邸。

桃咲くや足なげ出して針仕事　四月二十六日。小諸散歩所見。

夏山に突き当り住み筆を執る　五月十九日。鎌倉、吉屋信子邸。大仏裏、小谷戸。

老夫婦蚰蜒《げじ》をにくみて住みにけり　六月十三日。小諸山廬。

我生の今日の昼寝も一大事

端居とは我膝抱いて蝶が飛び　以上二句。六月十八日。鎌倉。

藍がめにひそみたる蚊の染まりつゝ　六月二十四日。迷子と小諸に帰る。迷子居。

虹消えて小説は尚ほ続きをり　七月十九日。

涼しさの肌に手を置き夜の秋　七月二十三日。

石置けるばかりの墓のお盆かな

野路行けば日傘の中に瓜の蠅　以上二句。八月五日。

立秋や時なし大根また播かん　八月九日。

秋灯や夫婦互に無き如く　八月十四日。

裸子をひつさげ歩く温泉の廊下　八月二十九日。小海線に搭乗、甲州下部温泉に到る。

盲ひたりせめては秋の水音を　十月九日。ホトトギス六百号記念金沢俳句会。鍔甚。盲非無座にあり。

明日よりは病忘れて菊枕　愛子枕頭小句会。

まつしぐら炉にとび込みし如くなり　十月二十五日。素逝追悼。

この杖の末枯野行き枯野行き　十一月四日。芦屋行車中。九州迄も延びん。

小さき墓その世のさまを伏し拝む　十一月十二日。松山焼跡の三個所の墓に詣る。

わが懐ひ落葉の音も乱すなよ

濃紅葉に涙せき来る如何にせん　以上二句。十一月十八日。九州秋月に父曾遊の跡を訪ふ。

手あぶりに僧の位の紋所　十二月九日。

風花に山家住居もはや三年　十二月十九日。小諸山廬。

昭和二十二年

水仙の花活け会に規約なし　一月十一日。小諸山廬。

寒燈下処思を認め了したる　一月十九日。
二行書き一行消すや寒灯下　二月一日。
吹き込みし雪を掃き出す厠かな　二月十五日。
雛無したゞ掃除せしばかりなり　三月二日。小諸俳小屋。
虹の橋渡り交して相見舞ひ　四月一日。病中愛子におくる。
春雨の相合傘の柄漏りかな
恋めきて男女はだしや春の雨　以上二句。四月十九日。
蛇や住むと思ふ故園の荒れやうや　六月六日。鎌倉草庵。
生かなし晩涼に坐し居眠れる　六月八日。
薔薇ひとり今を盛りや故園荒る
故園荒る松を貫く今年竹　以上二句。六月十日。鎌倉草庵。
夏山の水際立ちし姿かな
茎右往左往菓子器のさくらんぼ　以上二句。七月一日。風生等来る。小諸山盧。
髪の先蛇の如くに洗ひをり　七月五日。

黒蝶の何の誇りも無く飛びぬ　七月十二日。

腑に落ちぬことあり汗の人黙す　八月四日。

惨として日をとゞめたる大夏木　八月五日。

胡桃割り呉る、女に幸あれと　八月九日。

いにしへの旅の心や蚤ふるふ　八月三十日。戸隠滞在。

あまり明き月に寝惜む女かな　九月六日。小諸山廬。

悔もなく誇もなくて子規忌かな

斯の如く経来りしぞ子規祭る　以上二句。九月十九日。子規忌（四十六周忌）。

来て栗を打ちすぐ止めて去る女房

山の月情薄くて面白し　以上二句。九月二十九日。

蔓もどき情はもつれ易きかな　十月十一日。

蒲団荷造りそばに留別句会かな

爛々と昼の星見え菌《きのこ》生え　以上二句。十月十四日。長野俳人別れの為に来る。

湖もこの辺にして鳥渡る　十一月六日。堅田、中井余花朗邸宿泊。

昭和二十三年

椿艶これに対して老ひとり　二月十日。鎌倉草庵。

椿子と名附けて側に侍らしめ　二月十一日。山田徳兵衛女人形を贈り来る。

春水に両手ひろげて愉快なり　四月五日。伊勢湯の山温泉。

海女とても陸こそよけれ桃の花　四月八日。志摩、外海に海女の作業を見る。

羽痛めたる蝶々の憂き眉毛　四月十六日。

人来れば卯の花腐《くだ》しそのことを　五月二十八日。枴童弔句。

尼寺の蚊は殊更に辛辣に　五月三十日。本田あふひ十年祭。英勝寺。

難航の梅雨の舟見てアイヌ立つ　六月十七日。白老海岸。

楡新樹諸君は学徒我は老い　六月十九日。札幌、北大大講堂にて俳句大会。

アカシヤに凭れて杞陽パリの夢　六月二十一日。小樽、和光荘。

仮の世のひとまどろみや蟬涼し　七月二十三日。小諸、稽古会。

刻々と暑さ襲ひ来坐して堪ゆ　七月二十五日。同。

片蔭を通れば酢屋の匂ひかな　七月二十六日。同。

縁ありて守武の忌を修しけり　八月八日。鎌倉草庵にて守武忌を修す。

何事もたやすからずよ菜間引くも　八月二十五日。上林温泉、塵表閣所見。

魂の一と揺ぎして秋の風　九月十三日。鎌倉草庵。

霧如何に濃ゆくとも嵐強くとも　十月四日。燈台創設八十年記念の為め。

尼寺の戒律こゝに唐辛子　十月十三日。英勝寺。

秋天にわれがぐん〳〵ぐん〳〵と　十月十六日。

水飲むが如く柿食ふ酔のあと　十一月一日。京都、中田余瓶居会席。

目を奪ひ命を奪ふ諾と鷲　十二月二十七日。緒方句狂を弔ふ。

昭和二十四年

大の字に子が挟つて居る枯木　一月二十日。

芸格といふもののあり梅椿　二月三日。

繋がれし犬が退屈蝶が飛び　三月二十日。

春の水滄浪秋の水滄浪　四月九日。亮木滄浪に句を望まれて。

老一と日落花も仇に踏むまじく　四月二十一日。伊勢玉藻会。

家持の妻恋舟か春の海　四月二十七日。和倉滞在。

涼しさや子規のことなど聞え上げ　五月十日。芸術院会員、宮中御陪食。

セルを著て身辺雑事何やかや　六月十五日。

椿子に絵日傘もたせやるべきか　六月二十四日。

梅雨眠し安らかな死を思ひつゝ　七月三日。

暑き日は暑きに住す庵かな　七月十五日。

虚子一人銀河と共に西へ行く

寝静まり銀河流るゝ音ばかり　以上二句。七月二十三日。夜十二時、銀河に対す。

汗くさく生甲斐ありと人に群れ

山ホテル瀧に向つて応接間　以上二句。八月十二日。箱根木賀、随意荘に遊ぶ。

葉をかむりつゝ向日葵の廻りをり　八月十七日。

よき家に妻《め》を住まはしめ萩の花　九月十八日。

秋雨や庭の苔目尚存す　十月五日。
海底に珊瑚花咲く鯊《はぜ》を釣る　十月十九日。高知。
春潮や和寇の子孫汝と我　十月二十二日。波止浜、光潮館泊り。
墓参して直ちに海に浮びけり　十月二十五日。早朝九州別府に向ふ。
老友の学習院長霜の菊　十一月八日。安倍能成に。
庭のもの急ぎ枯るゝを見てゐたり　十一月二十四日。
揺らげる歯そのまゝ大事雑煮食ふ　十二月二十三日。

昭和二十五年

初蝶を見たといふまだ見ぬといふ　二月二十六日。
闘志尚存して春の風を見る
春風の心を人に頒たばや　以上二句。三月十九日。喜寿祝賀同人会。
老の杖とばし転ぶも花の坂　四月十二日。新宮に行く。
温泉のとはにあふれて春尽きず　四月十三日。帰阪車中。

蝶とんでお文庫よりの御使

春惜む命惜むに異らず　以上二句。四月二十八日。吹上御苑内俳句会。三笠宮両殿下、立子と共に。皇后陛下台臨。

古家のキ、キ、と鳴るにや籐椅子鳴るにや　五月三日。

五月晦《くわい》六月朔《さく》のことなりし　六月四日。佐渡より帰宅。本間ともゑに贈る。

梅雨暗く降り込められて処思ありて　六月十日。

蝸牛の移り行く間の一と仕事　六月二十日。

これよりは鹿と猿とを弟子と為し　九月六日。鹿野山神野寺晋山式。句一歩に贈る。

秋風の一刷《いつさつ》したる草木かな　九月九日。

虫すだく中に寝て我《われ》寝釈迦かな　九月二十四日。

長き夜を重ね〳〵し枕かな　九月二十六日。

老いて尚芸人気質《かたぎ》秋袷　十月五日。

菊の縄あら〳〵しくも縛られし　十月十三日。

今日寒し昨日暑しと住み憂かり　十月二十五日。

山雀のおぢさんが読む古雑誌　十月二十六日。八幡境内。

彼一語我一語秋深みかも　十月二十八日。

「たけくらべ」ありたる故の酉の市　十一月二十五日。

秋風や白文唐詩選を読む　十一月二十七日。

遺言を時雨と共にひたと受く　耿陽を介し天易が遺言を受く。

炬燵其他あらゆるものを身の辺り　十一月二十九日。

牢獄に在る人思ふ国の春

大勢の子育て来し雑煮かな

今年子規五十年忌や老の春

他の事は皆目《かいもく》知らず老の春

両の手に玉と石とや老の春　以上五句。十二月十三日。諸方より新年の句を徴されて。

去年今年貫く棒の如きもの　十二月二十日。新年放送録音。

熱燗に泣きをる上戸ほつておけ

熱燗にあぐらをかいて女同志

熱燗に舌を焼きつゝ談笑す　以上三句。十二月二十三日。

斑鳩物語

上

法隆寺の夢殿の南門の前に宿屋が三軒ほど固まつてある。其の中の一軒の大黒屋といふうちに車屋は梶棒を下ろした。急がしげに奥から走つて出たのは十七八の娘である。色の白い、田舎娘にしては才はじけた顔立ちだ。手ばしこく車夫から余の荷物を受取つて先に立つ。廊下を行つては三段程の段階子を登り又廊下を行つては三段程の段階子を登り一番奥まつた中二階に余を導く。小作りな体に重さうに荷物をさげた後ろ姿が余の心を牽く。

荷物を床脇に置いて南の障子を広々と開けてくれる。大和一円が一目に見渡されるやうないゝ眺望だ。余は其まゝ障子に凭《もた》れて眺める。

此の座敷のすぐ下から菜の花が咲き続いて居る。さうして菜の花許りでは無く其に点接して梨子の棚がある。其梨子も今は花盛りだ。黄色い菜の花が織物の地で、白い梨子の花は高く浮織りになつてゐるやうだ。殊に梨子の花は密生してゐない。其荒い隙間から菜の花の透いて見えるのが際立つて美くしい。其に処々麦畑も点在して居る。偶ゝ燈心草を作つた水田もある。梨子の花は其等に頓着なく浮織りになつて遠く彼方に続いて居る。半里も離れた所にレールの少し高い土手が見える。其土手の向うもこゝと同じ織り物が織られてゐる様だ。法隆寺はなつかしい御寺である。法隆寺の宿はなつかしい宿である。併し其宿の眺望がこんなに善からうとは想像しなかつた。これは意外の獲物である。

娘は春日塗りの大きな盆の上で九谷まがひの茶椀に茶をついで居る。やゝ斜に俯向いてゐる横顔が淋しい。さきに玄関に急がしく余の荷物を受取つた時のいき〳〵した娘とは思へぬ。赤い襦袢の襟もよごれて居る。木綿の着物も古びて居る。それが其淋しい横顔を一層力なく見せる。

併しこれは永い間では無かつた。茶を注いでしまつて茶托に乗せて余の前に差し出す時、彼はもう前のいき〳〵した娘に戻つて居る。

「旦那はん東京だつか。さうだつか。ゆふべ奈良へお泊りやしたの。本間になア、よろしい時候になりましたなア」

と脱ぎ棄てた余の羽織を畳みながら、

「御参詣だつか、おしらべだつか。あゝさうだつか。二三日前にもなア国学院とかいふとこのお方が来やはりました」

と羽織を四つにたゝんだ上に紐を載せて乱箱の中に入れる。

余は渇いた喉に心地よく茶を飲み干す。東京を出て以来京都、奈良とへめぐつて是程心の落つくのを覚えた事は今迄無かつた。余は膝を抱いて再び景色を見る。すぐ下の燈心草の作つてある水田で一人の百姓が泥を取つては箕に入れて居る。箕に土が満ちると其を運んで何処かへ持つて行く。程なく又来ては箕に土をつめる。何をするのかわからぬが此広々とした景色の中で人の動いて居るのは只此百姓一人きりほか目に入らぬ。

娘は椽に出て手すりの外に両手を突き出して余の足袋の埃りを払つて又之を乱箱の中に入れる。

「いゝ景色だナア」

といふと直ぐ引取つて、

「此辺はなア菜種となア梨子とを沢山に作りまつせ。へー燈心も沢山に作ります。燈心はナー、あれを一遍よう乾かして、其から叩いてナー、それから又水に漬けて、其から長い錐のやうなもので突いて出しやはります。其から又畳の表にもしやはりまつせ。長いのから燈心を取りやはつて短かいのは大概畳の表にしやはります」

「畳の表には藺《ゐ》をするのぢやないか。燈心草も畳の表になるのかい」

「いやな旦那はん。燈心草といふのが藺の事つたすがな」

と笑ふ。余は電報用紙を革袋の中から取り出す。娘は棚の上の硯箱を下ろして蓋を取る。

「まア」

といつて再び硯箱を取り上げてフツと軽く硯の上の埃りを吹いて薬缶の湯を差して墨を磨つて呉れる。墨はゴシ〳〵と厭やな音がする。

　電報を認め終つて娘に渡しながら、

「下は大変多勢のお客だね。宴会かい」

と聞く。娘は電報を二つに畳んで膝の上に置いて、

「いゝえ。皆東京のお方だす。大師講のお方で高野山に詣りやはつた帰りだすさうな。今日はこゝに泊りやはつてあした初瀬《はせ》に行きやはるさうだす。今晩はおやかましうおますやろ」

と娘は立たうとする。電報は一刻を急く程の用事でも無い。

「初瀬は遠いかい」

とわざと娘を引とめて見る。

「初瀬だつか」

と娘も一度腰を下ろして、

「初瀬はナー、そらあのお山ナー、そら左りの方の山の外れに木の茂つたとこがありますやろ……」

と延び上るやうにして、

「あこが三輪のお山で。初瀬はあのお山の向うわきになつてます。旦那はんまだ初瀬に行きやはつた事おまへんか」

「いやちつとも知らないのだ。さうかあれが三輪か。道理で大変に樹が茂つてゐるね。それから吉野は」

「吉野だつか」

と娘は電報を畳の上に置いて膝を立てる。手摺りの処に梢を出してゐる八重桜が娘の目を遮ぎるのである。余は立上つて椽に出る。娘も余に寄り添うて手摺りに凭れる。

「そら、此向うに高い山がおますやろ、霞のかゝつてる。へーあの藪の向うだす。あれがナー多武の峰で、あの多武の峰の向うが吉野だす」

娘は桜の梢に白い手を突き出して、

「あの高い山は知つとゐやすやろ」

「あれか、あれが金剛山ぢやないか。あれは奈良からも見えてゐたから知つてる」

娘は手摺り伝ひに左りへ〳〵と寄つて行つて、

「旦那はん、一寸来てお見やす。そらあそこに百姓家がおますやろ。さうだす、今鴉の飛んでる下のとこ。さうだす、あの百姓家の左の方にこんもりした松林がおますやろ。そやおまへんがナー。それは鉄道のすぐ向うだすやろ。それよりももつとずつと向うに、さうだすあの多武の峰の下の方にうつすらした松林がありますやろ。さう〳〵。あこだす、あこが神武天皇様の畝火山だす」

娘の顔はます〳〵いき〳〵として来る。畝火山を教へ終つた彼はまだ何物をか探して居る。彼の知つて居る名所は見える限り教へてくれる気と見える。

「お前大変よく知つて居るのね。どうしてそんなによく知つて居るの。皆な行つて見たのかい」

「へー、皆んな行きました」

といつて余を見た彼の眼は異様に燃えてゐる。

「さう、誰と行つたの、お父サンと」

「い丶え」

「お客さんと」

「い丶え。そんな事聞きやはらいでもよろしまんがナア」

と娘は軽く笑つて、

「私の行きました時も丁度菜種の盛りでなア。さう〳〵やつぱり四月の中頃やつた」

と夢見る如き眼で一寸余の顔を見て、

「旦那はん、あんたはんお出でやすのなら連れていておくれやすいな、ホ、、、私見たいなものはいやだすやろ」

「いやでも無いが、こはいナ」

「なぜだす」

「なぜでも」

「なぜだす」

「こはいぢやないか」

「しんきくさ。なぜだすいな、いひなはらんかいな」

「い、人にでも見つからうもんなら大変ぢやないか」

「あんたの」

「お前のサ」

「ホ、、馬鹿におしやす。そんなものがあるやうならナー。……無い事もおへんけどナー。……ホ、、、、御免やすえ。……ア、電報を忘れてゐた。お風呂が沸いたらすぐ知らせまつせ」

と妙な足つきをして小走りに走つて畳の上の電報を抄ふやうに拾ひ上げて座敷を出たかと思ふと、襖を締める時、

「本間におやかましう。御免やすえ」

としづかに挨拶してニッコリ笑つた。

「お道はん。〳〵」

と下で呼ぶ声がする。

「へーい」

といふ返辞も落ついて聞こえた。

お道さんが行つたあとは俄かに淋しくなつた。きのふ奈良でしらべた報告書の残りを認める。時々下の間で多勢の客の笑ふ声に交つてお道サンの声も聞こえるが、座敷が別棟になつてゐるのではつきりわからぬ。

夢殿の鐘が鳴る。時計を見るともう六時だ。

漸く風呂が沸いたと知らして来た。其はお道さんでは無く、此家の主婦であらう三十四五の髪サンであつた。晩飯の給仕に来たのもお道さんで無く此の髪サンであつた。

此髪サンの話によると、お道サンといふのは此うちの娘でなくすぐ此裏の家の娘で、平生は自分のうちで機械機を織つて居るが、世話しい時は手伝ひに来るのだとの話であつた。

「へい、此辺でナー、ちつと渋皮のむげた娘はナー、皆南の方へ行きやはります。南の方といふのはナー下市、上市、吉野あたりだす。お道はんも一寸行てやはりましたが、お父つあんが一人で年よつてるさかいに半年許りで帰つて来やはつた。へー、何だす。そりやナー若い時はナー。そやけれどお道はんに限つてそないな事はありまへんやらう。ホヽヽヽ」

とお髪サンは妙な眼つきをして人の顔を見て笑ふ。

中

翌日午前は法隆寺に行つて、午後は法起寺に行つた。これで今回官命の役目は一段落となるのである。法起寺は住職は不在で、年とつた方の所化も一寸出たとの事で、十五六になるのつそりした小僧が炭をふう〳〵吹いて灰だらけにした火鉢を持つて来て、ぬるい茶を汲んで来て主ぶりをする。取調の事は極めて簡単で直ちに結了する。塔の修覆が出来てからまだ見ぬので庭に出て見る。腰衣をつけた小僧サンもあとからついて来る。白い庭の上に余の影も小僧サンの影もくつきりと映る。うらゝかな春の日だ。三重の塔は法隆寺の塔を見た目には物足らぬが其でも蟇股や撥形の争はれぬ推古式のところが面白い。余はふと此塔に登つて見度くなつた。

「小僧サン、塔に登りたいものですが……」

「塔にお登りやすの、きたのうおまつせ」

といひながら無造作に承諾してもう鍵を取りに行く。頭に手をやつて見たり、腰に手をやつて見たり自分の影法師を面白さうに見ながら悠々として庫裡の方に行つた。

直下に立つて仰ぐと三重の塔でも中々高い。三重目の欄干のところに雀が群がつて飛んで居る。立札を読むと特別保護建造物で一年余を費して修理したとある。別に立札に内務省の下賜金が二万何千円とある。此地はもと聖徳太子の御学問処で、推古天皇の御創立になつた官寺で、昔はたいしたものであつたのだらうが、今は当時の建物として此塔許り残つてゐて他は見すぼらしい堂宇許りだ。とても法隆寺などには比べものにはならん。

小僧サンが悠然として鍵を持て来て、いきなり塔の扉に突ツ込む。ゴトンと音がして大きな扉ががた〳〵と開く。冷たい風が塔の中から吹く。安置されて居る仏体は手や足の無くなつてゐる古仏でこれも推古時代の彫刻かと思はれる。小僧サンはもう梯子を登つて居る。

此梯子は高さ一間半許りの幅のせまい勾配の急な梯子で一歩踏む度に少しゆらぐ。余は元来臆病な方だが今更止めるわけに行かぬので小僧サンのあとについて登る。戸をがら〳〵と開ける音がする。埃りが落ちて来るので閉口しながら仰向いて見ると、天井に二尺角程の小さい穴があいて居る。小僧サンは今其穴に体半分を突込んで足を二本宙にぶら下げて居る。おや〳〵と思つて見て居るうちに体操のやうな事をしてヒヨイと上に飛び上る。余は恐る〳〵登つて其穴の処に達し漸く頭を突込んで上を見上げると驚いた。余は塔の中の構造も普通の家と同じに一階二階と其々天井のやうなものが出来てゐること丶思つてゐたに、天井は一階のところに在る許りで、見上げると此上はもう頂上まで筒抜けで、中央の大きな柱が天にまで達するかと思ふやうに高い。小僧サンはもう第二の短い梯子を登つて右から左にか丶つてゐる木を軽業のやうに両手をふつて渡つてゐる処だ。

余は穴に頭を突込んだま丶、

「小僧サンもうよしませう」

といふ。小僧サンは不平さうに、

「折角こ丶まで来たんやよつて上りなはれ」

と横木の上に立つたま丶下を見下して居る。何だか此際小僧サンに無限の権威があるやうに思はれて仕方なしに上ることにする。小僧サンは今体操をするやうなことをして此の穴を上がつたが、其が已に余に取つて大困難だ。頭の上に斜に横たはつてゐる木に手をかけて見る。木が大きくて手のさきがか丶る許りだ。指のさきに懸命の力を籠めて左りの手を其木にかけ、右の腕でべたりと天井の上を圧さへると埃りだらけで紋付羽織がだいなしになる。漸く天井裏に登る。

其から第二の梯子は無造作に登れたが、小僧サンが手をふつて渡つてゐた横木の上に来て途方に暮れる。何かつかまへるものが無いと足がふるへて顛倒しさうだ。頭の処に併行した大きな木がある。両手をぐつと上げて此木を握る。足の方も見ねばならず手の方も見ねばならず、上目を使つたり下目を使つたり一分きざみに渡つて居ると忽ちゴーといふ地鳴りのやうな音がする。何事かと思つて立どまつて見ると一陣の風が塔に吹き当る音であつた。ゆれはしないかと中央の大きな柱を見ると大船の帆柱よりも大きいのが寂然として立つて居る。漸く意を安んじて横木を渡つてしまふと、サア行き詰りになつてしまつてどうしてよいのかわからぬ。梯子もなく、別に連絡して居る他の木もない。俄に恐ろしくなつて来てもう空目を使つて小僧サンを見る勇気もない。

「小僧サン、これからどうしたらいゝんです」

小僧サンの声は思はぬ方から聞こえる。

「其上の木にまたいで上りなはれ」

と極めて易々たる事のやうにいふ。其がさう易々たる事なら何も小僧サンを呼びはしないのだが、これはいよ〳〵窮地に陥つた事だと泣き度くなる。仕方なしに両方の手で上の木に抱きつくやうにしてやつと這ひ上る。羽織の袖が何かにかゝつたらしいのを一生懸命で振り切る。一息ついて上を見上げると上はまだなか〳〵遠い。下を見下ろすと下ももうなか〳〵遠い。もう下りるのも上るのも同じく命がけだと覚悟を極めて未練なく登ることにする。

小僧サンは立どまつてはふりかへり、ふりかへつては歴階して上つて居る。余もまけぬ気になつて登る。

「こゝの欄干のところにしまひよか、露盤のところに出なはるか」

と小僧サンが上の方から呼ぶ。露盤の処から九輪の処に首を突出す事が出来るといふ事は曾て聞いた事もあつた。小僧サンは其処までも行く気と見える。其処まで行くうちには余はもう手足の力を失つて途中から転落するに極つてる。

「欄干のところで結構です」

「さうだつか。露盤のとこに出ると畝火の方がよく見えまんがなア」

畝火は宿屋の二階からでも見えぬことは無い。こちらは其どころでは無いのだ。小僧サンはどうするかと気が気でなく見て居ると、やつと露盤の方は断念したと見えて、欄干の方に出る小さい窓を開けて居る。

小僧サンは其窓を大仏殿の柱くゞりといつたやうな風に這うて出る。余も漸く其窓に達して、今度こそすべり落ちたら百年目と度胸を据ゑて這うて出る。窓の外は三重目の小さい回廊で欄干を握つて立つと、ニチヤ〳〵と手につくものがある。見ると雀の糞だ。其辺真白になつて居る。さつき雀の飛んで居つたのが此処だなと思ふ。小僧サンに並んで欄干を摑まへて下を見下ろす。

自分の足下には二重目の屋根が出て居る。此処に立つて下を見下ろすのは想像してゐた程に恐ろしく無い。小僧サンに跟て回廊伝ひに東の方に廻つて見る。宿屋の二階で見た菜の花畑はすぐ此塔の下までも続いて居る。梨子の棚もとび〳〵にある。麗かな春の日が一面に其上に当つて居る。今我等の登つてゐる塔の影は塔に近い一反ばかりの菜の花の上に落ちて居る。

「又来くさつたな。又二人で泣いてるな」

と小僧サンは独り言をいふ。見ると其塔の影の中に一人の僧と一人の娘とが倚り添ふやうにして立話しをして居る。女は僧の肩に凭れて泣いて居る。二人の半身は菜の花にかくれて居る。

「あの坊さん君知つてるのですか」

「あれなあ、私の兄弟子の了然や。学問も出来るし、和尚サンにもよく仕へるし、おとなしい男やけれど、思ひきりがわるい男でナー。あのお道といふ女の方がよつぽど男まさりだつせ。あのお道はナア、親にも孝行で、機もよう織つて、気立もしつかりした女でナア、何でも了然が岡寺に居つた時分にナア、下市とか上市とかで茶屋酒を飲んだ事のある時分惚れ合つてナア、それから了然はこちらに移る、お道はうちへ帰るし丶てナア、今でもあんなことして泣いたり笑つたりしてますのや。ハ、、、」

と小僧サンは無頓着に笑ふ。お道は今朝から宿に居なかつたが今こ丶でお道を見やうとは意外であつた。殊に其情夫が坊主であらうとは意外であつた。我等は塔の上からだまつて見下ろして居る。

何か二人は話してゐるらしいが言葉はすこしも聞こえぬ。二人は塔の上に人があつて見下ろして居やうとは気がつくわけも無く、了然はお道をひきよせるやうにして坊主頭を動かして話して居る。菜の花を摘み取つて髪に挿みながら聞いてゐたお道は急に頭を振つて包みに顔を推しあて、泣く。

「了然は馬鹿やナア。あの阿呆面見んかいナ。お道はいつやら途中で私に遇ひましてナー、こんなことというてました。了然はんがえらい坊《ぼ》んさんにならはるのには自分が退くのが一番やといふ事は知てるけど、こちらからは思ひ切ることは出来ん。了然はんの方から棄てなはるのは勝手や。こちらは焦がれ死にゝ死ぬまでも片思ひに思うて思ひ抜いて見せる。と斯んなことというてました。私お道好きや。私が了然やつたら坊主やめてしもてお道の亭主になつてやるのに。了然は思ひきりのわるい男や。ハヽヽヽ、」

と小僧サンは重たい口で洒落たことをいふ。塔の影が見るうちに移る。お道はいつの間にか塔の影の外に在つて菜の花の蒸すやうな中に春の日を正面に受けて居る。涙にぬれて居る顔が菜種の花の露よりも光つて美くしい。我等が塔を下りやうと彼の大仏の穴くゞりを再びもとへくゞり始めた時分には了然も纔《わつか》に半身に塔の影を止めて、半身にはお道の浴びて居る春光を同じく共に浴びてゐた。了然といふ坊主も美くしい坊主であつた。

下

其夜晩酌に一二杯を過ごして毛布をかぶつたまゝ机に凭れてとろ〳〵とする。ふと目がさめて見るとうすら寒い。時計を見ると八時過ぎだ。二時間程もうたゝ寝をしたらしい。昨日に引きかへ今日は広い宿ががらんとして居る。客は余一人ぎりと見える。静な夜だ。耳を澄ますと二処程で筬《をさ》の音がして居る。

一つの方はカタン〳〵と冴えた筬の音がする。一つの方はボツトン〳〵と沈んだ音がする。其二つの音がひつそりした淋しい夜を一層引き締めて物淋しく感ぜしめる。初め其筬の音は遠い様に思つたがよく聞くと余り遠くでは無い。余は夢の名残りを急須の冷い茶で醒ましてぢつと其二つの音に耳をすます。

蛙《かはづ》の声もする。はじめ気がついた時は僅に蛙の声かと聞き分くる位のひそみ音であつたが、筬の音と張り競ふのか、あまたのひそみ音の中に一匹大きな蛙の声がぐわアとする。あれが蛙の声かなと不審さるゝ程の大きな声だ。昼間も燈心草の田で啼いてゐたがあんな大きな声のはゐなかつた。夜になつて特に高く聞こえるのかも知れぬ。一匹其大きなのが啼き出すと又一つ他で大きなのが啼く。又一つ啼く。しまひには七八匹の大きな声がぐわア〳〵と折角の夜の寂寥を攪き乱すやうに鳴く。其でも蛙の声だ。はじめひそみ音の中に突如として起つた大きな声を聞いた時は噪がしいやうにも覚えたが、其が少し引き続いて耳に慣れると矢張り淋しいひそみ音の方は一層淋しい。気の勢か筬の音もどうやら此蛙の声と競ひ気味に高まつて来る。カタン〳〵といふ音は一層明瞭に冴えて来る。ボツトン〳〵といふ音は一層重々しく沈んで来る。

お髪サンが床を延べに来る。

「旦那はん毛布なんかおかぶりやして、寒むおまつか」

「少しうたゝねをしたので寒い。それに今晩は馬鹿に静かだねえ。お道さんは来ないのかい」

「今晩は来やはりまへん。そら今筬の音がしてますやろ、あれがお道はんだすがな」

「さうかあれがお道さんか」

と余は又筬の音に耳を澄ます。前の通り冴えた音と沈んだ音とが聞こえる。

「二処でしてゐるね。其に音が違ふぢやないか。お道さんの方はどちらだい」

「そらあの音の高い冴え〳〵した方な、あれがお道さんのだす」

「どうしてあんなに違ふの。機が違ふの」

「機は同じ事《こ》つたすけれど、筬が違ひます。音のよろしいのを好く人は筬を別段に吟味しますのや」

余は再び耳を澄ます。今度は冴えた音の方にのみ耳を澄ます。カタン〳〵と引き続いた音が時々チヨツと切れる事がある。糸でも切れたのを繋ぐのか、物思ふ手が一寸とまるのか。お髪サンは敷布団を二枚重ねて其上に上敷きを延べながら、

「戦争の時分はナア、一機の織り賃を七十銭もとりやはりましてナア、へえ繃帯にするのやさかい薄い程がよろしまんのや。其に早く織るものには御褒美を呉りやはつた。其時分は機もよろしうおましたけど、もう此頃はあきまへん。へーへあんたはん一機二十五銭でナア、一機といふのは十反か丶つてるので、なんぼ早うても二日はか丶ります」

お髪サンは聞かぬ事まで一人で喋舌る。突然筬の音に交つて唄が聞こえる。

『苦労しとげた苦しい息が火吹竹から洩れて出る』

「お道さんかい」

と聞くと、

「さうだす。え丶声だすやろ」

とお髪サンがいふ。余は声のよしあしよりもお道サンが其唄をうたふ時の心持を思ひやる。

「あれでナア、筬の音もよろしいし唄が上手やとナア、よつぽど草臥れが違ひますといナ」

「あんな唄をうたふのを見るとお道サンもなか〳〵苦労してゐるね」

「ありや旦那はん此辺の流行唄だすがナ、織子といふものはナア、男でも通るのを見るとすぐ悪口の唄をうたうたりナア、そやないと惚れたとかはれたとかいふ唄ばつかりだす」

俄に男女の声が聞こえる。

「どこへ行きなはる」

「高野へお参り」

「ハ、ア高野へ御参詣か。夜さり行きかけたらほんまにくせや」

「お父つはんはもう寝なはつたか」

「へー休みました」

高野へ参詣とは何の事かと聞いて見たら、

「はゞかりへ行くことをナア、此辺ではおどけてあないにいひまんのや」

とお髪サンは笑つた。よく聞くと女の声はお道サンの声であつた。男の声は誰ともわからぬ。長屋つゞきの誰かであるらしい。

筬の音が一層高まつて又唄が聞こえる。唄も調子もうき〳〵として居る。

『鴉啼迄寝た枕元櫛の三日月落ちて居る』

お髪サンは床を延べてしまつて、机のあたりを片づけて、火鉢の灰をならして、もうラムプの火さへ小さくすればよいだけにして、

「お休みやす。あまりお道サンの唄に聞きほれて風邪引かぬやうにおしなはれ」と引下る。

酒も醒めて目が冴える。筬の音を見棄て丶此儘寝てしまふのも惜しいやうな気がする。昼間書きさして置いた報告書の稿をつぐ。ふと気がつくといつの間にやら筆をとゞめて、きのふのお道サンの喋舌つた事や、今日塔から見下ろした時の事やを回想しつ丶筬の音に耳を澄まして居る。又唄が聞こえる。

『大分世帯に染《しゆ》んでるらしい目立つ鹿の子の油垢』

調子は例によつてうき〳〵として居るが、夜が更けた勢かどこやら身に入むやうに覚える。これではならぬと更に稿をつぐ。

終に暫くの間は筬の音も耳に入らぬやうになつて稿を終つた。今日で取調の件も終り、今夜で報告書も書き終つた。がつかりと俄に草臥れた様に覚える。

火を小さくして寝衣になつて布団の中に足を踏み延ばす。筬の音はまだ聞こえて居る。忘れてゐたが沈んだ方のもまだ聞こえて居る。

眠るのが惜しいやうな気がしつ丶うと〳〵とする。ふと下で鳴る十二時の時計の音が耳に入つたとき気をつけて聞いて見たら、沈んだ方のはもう止んでゐたが、お道サンの筬の音はまだ冴え〳〵として響いてゐた。

落葉降る下にて

私は今或る温泉に来て居る。此の温泉には二十年程前に一度来たことがある。其れは或る大病をした揚句であつて、其の時は医者から一度見放された位であつたのが幸いに快方に向つて、其の恢復期を此の温泉で過ごしたのであつた。二十年程前といふとまだ私は二十を沢山越してゐなかつたので、私は早婚ではあつたが、其の頃はまだ乳呑児が一人ある位のものであつた。

其の頃私はこゝの温泉につかりながら心は歓喜に充ちてゐた。すんでの事で死ぬるのであつたのが命をとりとめた、といふ喜びは喩へるにものが無かつた。私は毎日何をするといふ事無く、唯ぼんやりと温泉につかつて、洋々たる春のやうな前途を自分で祝福してゐた。家庭には漸く此の頃片言交りに喋り出した子供を抱いて若い妻は私の帰るのを待つてゐたし、其の頃私のやりかけて居つた事業も予想したよりは都合よく運びかけてゐたので、其れも此の際一発展すべく私の帰京を待つてゐるやうな始末であつた。此の際半月や一月帰るのが遅れたところで家庭の方も仕事の方もさうたいした不都合があるといふでは無し、其れよりも十二分に健康を恢復して、今後素晴らしい活動をせなければならぬといふやうな、何事につけても前途にのみ希望を繋いだ心の張りを持つて悠悠と此の温泉に漬つてゐたことを私は稍々古い昔の事のやうに思ひ出すのである。十年や二十年昔の事でも、恰も昨日の事のやうに思ふといふのが世間の常であるが、私はどういふものだか、其れが十年や二十年よりも、もつと古い事のやうに思ふのである。今此の宿に来て見ると、矢張り温泉は昔の通りの温泉、庭の大木は昔の通りの大木、裏を流るゝ川は昔の通りの川、周囲を取囲んでゐる山も昔の通りの山、温泉客を此処に運んで来る乗合馬車のラッパの響さへ昔の通りの響である。が、其れでゐて、其の二十年前の事を思ひ出して見ると、其れはもう古い〳〵昔の事のやうに思はれて、何だか違つた世の中の出来事のやうな心持さへするのである。隔世の感といふのは大方斯ういふ心持をいふのであらう。

今度来た私は鞄に一杯詰め込んで来た仕事の事のみを気にしてゐるのである。今の私に前途といふやうなものがあるであらうか。考へて見れば無いことも無いやうであるが、其れを考へてゐるよりも目の前に迫つて来てゐる仕事の方が強く自分を圧迫して来て、唯其れにのみあくせくしてゐるのである。此の宿の一間に陣取つて、此処で愈々若干日を過ごすこと、極めた時も第一其の山の形も水の形も余り眼に入らなかつた。唯私の眼の前には仕事を詰め込んだ鞄が聳えてゐる許りであつた。

同じ温泉を浴びながらも私は昔の心持を呼び起こさうとさへ思はなかつた。あの頃唯一人の乳呑児を抱へてゐた妻も今はもう六人の子持ちである。もう皮膚にも光沢が無くなり髪の毛も薄くなつた中婆さんである。其の頃緒につきかけて有望なるもの、如く思はれてゐた事業はどうであつたか、幾多の波瀾を経た後格別目ざましい事も無しに現在ある通りの状態である。今になつて見るとあの当時若い心を躍らした程ののでは無く、元来事業其のものが平々凡々たる詰ら無い事業であつたことが判るのである。其れでゐて私は毎日々々其の仕事に逐はれて、其の積り〳〵滞り〳〵した仕事を此の鞄の中に詰め込んで此の温泉に落延びて来た始末である。温泉に這入るのも余り運動を欠いて腹が空かぬので仕方無しに、運動代りに這入るのである。出て来るとすぐ日受のい丶座敷に陣取つて仕事に取りか丶る。流石に山間であるから朝晩は冷えるけれども昼中は暖か過ぎる程暖い。

私の部屋の前には大きな槻《けやき》の木がある。其れが盛んに落葉してをるのが明け暮れ眼に入る。風の吹く時などは目覚しい勢ひで大空から降つて来る。私の部屋の畳の上にもいつもから〳〵になつた奴が転げて居る。

私の部屋は川に臨んでゐて、部屋と川との間に狭い往来があるので、其処を通る人が私の部屋から見下ろされる。――私の部屋は往来より少し高くなつてゐる――或る時見るとも無しに見てゐると別に変つた風体といふでは無いけれども、何となく一目見て忘れることの出来ぬやうな四十四五の神経質らしい男がふと目に留まつた。其の日浴場に行つて見るとちやんと此の宿の湯風呂の中に首だけ出して漬つてゐた。別に人の顔を見るでも無く、同じ方を見詰めて静かにぢつと漬つてゐた。が、忽ち非常な勢ひではね上るやうに湯壺から出て、石鹸を頭の先から足の尖迄一度に塗つて、手桶に酌んだ湯を脳天からぶつかける容子などが余程せつかちのやうに見えた。かと思ふと又湯壺の中に漬つて極めて悠長に手足を伸ばしてゐた。稍痩せ地の皮膚のかさ〳〵してゐるのが目に立つて見えた。

其の日はそれぎりで物も言はなかつたが二三日して又同じ浴場で出逢つた。少し湯がぬるかつたので熱い元湯を出さうと思つて私は其の人に一寸断つた。

「少し熱い湯を出しますがよろしいでせうか。」

「よろしうございます。」

其の男は早口であつた。其れから大分熱くなつた湯に漬つた時其の男はそのかさ〳〵した皮膚を真赤にしてゐた。

「少し熱くし過ぎましたか知ら?」

「いえ、結構です。」

其の男は矢張り口数が少なかつた。其の日は其れ限りで物も言はなかつた。

仕事が運びかけたので少し落着きが出来て来た。其処で仕事の合間々々に私は此の文章を書いて見る気になつたのである。私は何を書くか判らぬが、唯考へ出した事、見聞した事などを順序も無く書いて見ようと思ふ。

私は十八の年に父を亡くしたのであつたが、其の時医師は何故に此の父を殺したのかと唯医師を怨めしく思つた。父は胃癌であつたのだから如何なる名医が出て来ても助かる筈は無かつたのであるが、其の当時の私は父は死ぬべき人で無かつたのを医師の不行届から殺したのだと考へた。理窟では人は死ぬるものだといふ事位百も承知してゐたのであるが、感情上どうしても自分の父が死ぬるものだとは考へられなかつた。其の時医師が私の顔色を見て其の座を外したのも尤もであつた。私は其の医師を撲殺して遣り度い位に考へたのだもの。血相の変つた青年の顔を見て医師が恐れを為したのも尤もな次第であつた。其れから後私は随分親戚のものや友人の死ぬるのを見た。母が死んだ時には仕事の都合で帰省することが出来なかつて、其の死に目に逢はなかつた。神田の牛肉屋で友人と一緒に酒を飲んだあと飯を食つてゐる所へ死去の電報が来たので私は飯を吐き出して泣いた。長病であつたので、いつ死ぬるかといふ事は固より予期されなかつた。しかし折も折、牛肉で酒を飲んだ揚句飯を食つてゐるところへ此の報知を得たので私は自分の浅ましさを振り返つて口惜しかつた。私は友人に礼を失することなど忘れてしまつて、自分が主人であり乍ら、自分と一緒に牛肉を食つて酒を飲んだ友人が腹立たしくなつて、碌に友人には物も言はずに自分の家へ帰つて来て独りで足りるだけ泣いた。其れ程ではあつたけれどももう此の時は医師を恨むやうな心持は無くつて、母は早いか遅いか死なゝければならなかつたもの、其れが死んだのだとすぐあきらめてしまつた。沢山自分に親しいものが死んだ揚句、もう感情上にも自分の骨肉の死も世間の人の死と同様抗むことが出来ぬものと観念したのであつた。ところが其の考へが、自分の子供の上には又一応後戻りがして、私は殆ど最近に至るまで自分の子供は死ぬるもので無いやうな心持がしてゐた。私の第二女は壮健に生れついたのが、生れて間も無く百日咳に取つゝかれ其の揚句が肺炎になつたので、一時はもう助からぬもの、やうに医師は言つてゐた。親戚のものなども、もう私にあきらめた方がよからうなど、言つたが私はどうしても自分の子は死ぬるものでは無いと思つた。慥かに死なゝいといふ自信があつた。其れで私は自分一人が其の子を引受けて夜の目も寝ずに介抱した。医師は私の気違ひ染みたのに少しあきれてゐた。けれども其の結果其の子は助かつた。それから随分長い間病弱の児であつたが、もう尋常を卒業するのも間も無い昨今の年になつて余程強健になつた。其れから後に生れた児も、強健に生れて置きながら兎角風邪がもとで肺炎などになつて、又か〳〵と思ふ位であつたが、矢張り、自分の子供は死ぬるものか、といふ自信は強烈であつた。さうして又実際皆助かつた。皆相当に強健な児に育ち行つた。ところが此の自信も最近に至つて崩れてしまつた。といふのは私の六番目の子、其れは女にすると四番目に当るのであるが、其の第四女が、これは他の子供と違つて少し月足らずに生れたらしく、生れ乍ら弱かつた上に又例の肺炎にかゝつて、其の結果脳も少し悪くしたらしく、三つになつてまだ足も立たず首も据わらぬ位であつたが、其れが到頭梨の花の咲いてゐる時分に死んでしまつた。其の前から私は此の子供はもう到底助からぬものだと観念してしまつた。其れでも初めて肺炎になつた時は、矢張り前の多くの子供と同じやうに是非助ける積りで火鉢を入れて一室をぬくめたり、湿布をしたり、吸入をしたり、あらゆる手段を尽くしたが、其の結果脳を悪くしたらしく、肺炎はなほつても低能児みたやうな風になつてしまつた。其の後医者に聞いて見ると、もう斯かる肺炎の療法は旧式になつてゐるので、矢張り換気法をよくして、なるべく自然に則る方が、あとの結果がよいやうだと言つた。骨肉も尚ほ死ぬるものだといふ事は父母の死以来一応合点されてゐ乍ら、其れが自分の子供の上になると、何の理窟無しに決して死なぬといふ堅い自信を持つてゐたものが此の時以来がらりと崩れてしまつたのである。春になつてから肺炎が再発して、呼吸の数が四十になり六十になり八十になり、脈の数が百になり百二十になり百五六十になり、まだ歯も十分に生えてゐなかつた歯ぐきで苦痛の余り母の手に食ひついた、といふやうな事を聞いた時、私はもう其の子の顔を見るに忍びなかつた。其の子の介抱は妻に任せつきりにして表から帰つた儘すぐ座敷の机の前に坐つてしまつた。

「相変らず苦しさうです。少し見てやつて下さい。」と妻は言つた。其れには私の冷淡を怨むやうな語気が見えた。私は机の前を立上つて奥の間に行つて見た。其の子は睡つてゐるのであらう、呼吸の度に頭の動くのが見えて、見るからに苦しさうである。斯かる時小鼻を出来るだけ膨らませて、腫れ塞がつた肺臓に一生懸命に空気を吸込まうとする努力は私の幾度となく他の子供の肺炎の時に実見したところで、それは見てゐる方が一層苦痛を覚えるのであつた。が、此の時は正面に廻つて最早其れを見るに忍びなかつた。私は其の儘又座敷の机の前に坐つてしまつた。

此の態度が妻には不平であつた。其れも尤もの事であつた。今迄の子供の病気の時には殆ど妻には関係させない位にして私一人で介抱に当つて来たものであつた。それが此の子供に限つて、妻に一任して振り返らうともしないといふ事は随分惨酷な事のやうに解せられたであらう。又惨酷なことかも知れなかつたのである。けれども此の時分からの私には、もう死ぬるものを強ひて抱き止めようといふやうなそんな熱は無くなりかけてゐたのである。

「凡てのもの、䁲《ほろ》びて行く姿を見よう。」私はそんな事を考へてぢつと我慢して其の子供の死を待受けてゐたのである。呼吸《いき》を引取る朝は大分咳が楽さうで、肺部の腫が減じかけて痰が分解しかけたのだらうと思つた。けれども脈がだん〳〵と微弱になつて来て頼み少なく思はれた。医者はヂキタリスを用ゐてゐたので、もう其れが今日位から利くだらうと言つた。それがせめてもの頼みであつた。子供は此の日から私の机の置いてある座敷の方に移された。暫くの間非常に静かに眠つてゐるので私は妻に勧めて二人で表の空気を吸ひに出た。豆の花の咲いてゐる田圃路を一町許り歩いて帰つて見ると、病児の傍には長女が坐つてゐた。

「時々妙な声を出しますよ。」と長女は気味悪さうに言つた。成程丁度風が空洞に当つて鳴るやうな不思議な声を出した。呼吸を引取つたのはそれから間も無い事であつた。抱き上げると一層苦しげに体を藻掻くので此の一両日は抱かなかつた。其の為呼吸を引取る時も別に抱き上げようといふ心持が妻にも起らぬらしかつた。私も抱き上げてやれと妻に言はなかつた。三歳の少女は父母にも抱かれずに、風の空洞を吹くやうな声を残して其の儘瞑目してしまつたのである。

葬儀万端は私一人でした。人に頼んでやつて貰はねばならぬといふ程私の心は取乱してゐなかつたのである。

私は其の後度々墓参をした。

凡てのもの、亡び行く姿、中にも自分の亡び行く姿が鏡に映るやうに此の墓表に映つて見えた。「これから自分を中心として自分の世界が徐々として亡びて行く其の有様を見て行かう。」私はぢつと墓表の前に立つていつもそんな事を考へた。

「何が善か何が悪か。」

「善悪不二」と言つたり「不思善不思悪」と言つたりする仏家の言を自分勝手に解釈して其の頃の自分の心持にぴつたりとはまるやうに思つたのも其の頃であつた。「善人すら成仏す、況んや悪人をや」と言つた親鸞上人の言葉が流石に達者の言として染々と受取れたのも其の頃であつた。

ぢつと考へて見ると私の頭の中には種々葛藤があつた。之を明るみに出して見たら自分乍ら鼻持ちのならぬやうなものが沢山ありさうに思へた。「さながら成仏の姿なり」と言つた仏家の言をこゝでも思ひ出して、即ち此の善悪混淆、薫蕕《くんいう》同居の現状其のままが成仏の姿だと解釈した。頭の中許りで無く、私の世間で遣つてゐる仕事が善か悪か正か邪か。凡て其れ等も疑問とせなければならなかつた。私は其れをも同じやうな考への下に正とも邪とも善とも悪とも考へようとはしなかつた。諸法実相といふのはこゝの事だ、唯ありの儘をありの儘として考へるより外は無いと思つた。

月給を貰つて会社の社員になつてゐる以上其の会社の規則に背いたら免職されるのは当然の事である。それと同じく社会、国家の一員である以上、其の社会、国家の種々の規則に背いた時其の制裁を受けるのは是亦当然の事といはねばならぬ。けれども私は私の考へてゐる事遣つてゐる事をすぐ其の世の中の規則で律し度いとは思はなかつた。世の中の規則で律しられるのは固より当然の事として恨まないが、自分で其れを律して見る気にはなれなかつたのである。自分は自由に考へよう、自由に遣らう、さうして善ければ社会的、国家的に栄えるであらう。悪ければ社会的、国家的に亡びるであらう、さながら山の起伏、水の流れ、それを眺めるのと同じやうに自分の事を眺めて見よう。私はそんな事を考へてゐた。

子供が死んでからもう一年半にもなる。自然私がそんな考へに住《ぢゆう》してからももう一年半になる訳である。さうしてどちらかといふと、私の事業は其の一年半の間にいくらか歩を進めた。一向栄えない仕事も此の一年半の間には比較的成功をした。が、たとひ幾ら成功しようともいくら繁昌しようとも、私は一人の子供の死によつて初めて亡び行く自分の姿を鏡の裏に認めたことはどうすることも出来無い。栄えるのも結構である。亡びるのも結構である。私は唯ありの儘の自分の姿をぢつと眺めてゐるのである。

仕事は相当に運んで行つた。

或る夕方私は窓に肱を凭せてぢつと其の辺の景色を眺めてゐた。部屋の前の槻の落葉は此の二三日最も盛んに降り注いでゐたと思つたが、もう梢に残つてゐる葉は余程少くなつてゐた。それでも風が吹く度に其の残り少ない葉を尚ほ見事に振り落すのであつた。それから此の槻の隣に今迄は殆ど常磐木かと思はれる程な青い色をしてゐた榎の葉が此の頃少し黄色を帯びて来た事が明らかに看取された。槻や榎は殆ど同時に落葉するものかと考へてゐたが、之で見ると大分遅速があるといふ事が判つた。

槻の残りの落葉が川面におつかぶさるやうに降り込む。其の川を隔てた向う岸の一軒の板葺屋には壁に「おもちや御土産いろ〳〵」など、書いた板が打つけてあつた、其れはおもちや屋の裏手になるのであるが私の泊つてゐる此の宿の客に見えるやうに其処に板が打ちつけてあるのであつた。其の隣りは芸者屋で、これも裏側だけが見えるのであるが、時々三味や太鼓が鳴るといふ外、一見してどうしても芸者屋とは思へなかつた。庭には霜枯れのした菊のあるのが破れた垣の間からちらついて、其の上には洗濯物が干してあつた。其の三味や太鼓も滅多には鳴らなかつた。少し川上の方には水車があつて、それは休む時無しに絶えず回転してゐた。霜の沢山降る朝などは其の辺の板葺屋も庭も畑も橋も石も、凡て天地一面に真白になるのであるが、其の中で此の水車だけはいつも水に濡れて黒い色をして廻つてゐた。私は草臥れた仕事の手を休めてぼんやり其れ等の景色を眺めてゐると、其の水車の手前の板橋の上を足早に歩いて来る一人の男が目に入つた。其の男は彼の湯風呂の中で逢つた男であつた。

丁度私のゐる部屋の前に来た時一寸帽子を取つて辞儀をした。

「私の座敷はこゝです。お立寄り下さいませんか。」と私から声をかけた。

「有難う。」と言つて其の男は其処に立ちどまつた儘私の方に背を向けて矢張り私の見て居つた方向を見た。

「貴方は何処にお泊りですか。」と私は其の男の宿をたづねた。

「私は一軒家を借りて家族と一緒に住まつてゐます。」

「今橋を渡つてお出のやうでしたが、川向うにお住居ですか。」

「さうです。あの水車の向う側の家を借りてゐます。」

日がだん〳〵と落つるに従つて南の山の上の雲は真赤な夕焼がし始めて、毎日続く此の頃の天気が、明日も又好晴であることを堅実に保証するやうに見えた。其の夕焼を見上げた其の男の顔はいつもよりは赤く彩られてゐた。

「一寸温泉に這入つて来ます。左様なら。」と言つて其の男はさつさと足早に行つた。宿の温泉に来るのかと思つたら、川中に在る外湯に這入つて行つた。

「兎に角変つてゐる。」と私は思つた。職業は何だらう。官吏の非職とか、会社を辞職して慰労金を貰つたとか、そんな風の人かも知れぬが、どうもさうらしく無いところもある。何だらう。と一寸判断がつかなかつた。

それから数日経つて私は夕飯後山腹の梅林のところを散歩した序に一つの径を尚ほ辿つて登つて行くと、其処に怪しげな或る場所のあるのが眼にとまつた。遠方からでも其の臭気で其れがすぐ火葬場だといふ事が判つた。私はどういふものだか火葬場には非常に縁が多い。流行病で亡くなつた私の兄を初めとして親戚のものや友人などを大分火葬場に連れて行つた。現に去年亡くした私の子も矢張り火葬場に連れて行つたのである。いくら設備がよく出来てゐるにしてもあの一種の臭気だけは遠方から鼻につく。況して此処の火葬場は全く野天で、松林の蔭になつてゐる或る空地に溝が掘つてあつて、其の辺は灰ともつかず人の脂ともつかぬやうなものが黒ずんだ色をして一面に土地を染めてゐる許りであるので、其の臭気は大分遠い処から私の鼻に伝つて来たのである。

「こんな所に火葬場があるのか。」と私は東京近傍の設備の十分に出来て居る火葬場許りを見て居つたので、此の荒寥たる光景を見て凄愴の感に打たれた。其の時ふと眼にとまつたのは其の溝のやうに掘つた穴の一方に小さい棺の置かれてあることであつた。「おや棺が置いてある。」と私は其れを凝視した。人も何もゐない此の火葬場に唯棺が裸の儘で一つ置かれてあるといふ事は少なからず私の心を脅かしたのであつた。

「どうしたのであらう。」

さう思ひ乍ら私は近づいて見た。其れは小さい棺であつた。まだ生後一二ケ月しか経たない位の赤ん坊を入れたものと受取れた。其れにしても此棺を此の処に持つて来た人はゐないのだらうか。隠坊はゐないのだらうか。私は再び其辺を見廻して見たが、其れらしい人はゐなかつた。

私は心を落着けて四辺の容子を見た。其処に小さい一つの建物があつた。建物といふよりは盆の聖霊棚のやうな簡単なものに屋根だけはついてゐた。さうして其の棚の上に一つの位牌のやうなものが置いてあつた。夕暮の光にすかして見ると「釈迦牟尼仏」と書いてあつた。其の辺は埃だらけであつたが、其れでも其の前には線香立てがあつて、其れに一束の線香が燻つてゐた。これで見ると今は人がゐないけれども、此処に此の線香を供へた人が最近迄居たことだけはたしかに想像された。線香は硬い湿つた灰の中に乱雑に立てられたので、おもひ〳〵の方向に向いて、其の中には消えたのもあつた。

私はぢつとその「釈迦牟尼仏」といふ字に見入つた。其れは誰が書いたのか下手な粗末な字であつたが、其の場合いかにも権威ある貴い字に見られた。此の棺の中に這入つてゐる子供は誰の子供か、どういふわけで斯く淋しく此処に棄てられてあるのか、其れはどうであらうとも、兎に角此処に居る釈迦牟尼仏は其の絶対の権威で此のあはれな子供の亡骸を護つて居るやうな心持がした。万巻の経文の中に出て来る釈迦牟尼仏よりも、此の場合此の位牌の上に現はれて来てゐる釈迦牟尼仏は絶大の力があるものゝやうに私には受取れた。

暮れやすい日はもう大分其の辺を薄暗くして来たのであつたが、其の時片方の手に提灯をさげ片方の手に一束の薪を持つてひよつこり其処に現はれた一人の人があつた。

提灯はまだ灯がともつてゐないので近よる迄其れがどんな人であるか判らなかつたが、近よつて見て初めて五十余りの男であることが判つた。

「今晩は。」と男は私の顔をしげ〳〵見乍ら挨拶した。一体私が何者かといふ事を余程不審に思つてゐるらしい容子であつた。

「こゝは火葬場だね。」と私は態とそんな事を言つて見た。其れが此の憐れな男の不安を打消すことにならうかと考へたからであつた。

「さうです。焼場ですよ。」

果たして男は、私が散歩の序に偶然斯んな処に来会はせた浴客であるといふ事を合点したらしく、落着いてさう答へた。

私は何処迄も散歩客のやうな風を見せようとして当ても無く其の辺をぶら〳〵してゐた。さうして見るとも無く其の男のすることを見てゐた。

男は先づ片方の手に提げてゐた薪を地上に下ろして、提灯を松の木にぶら下げた。其れから其の薪をほどきかけたが大分手許が暗くなつて来てゐるのに気が附いたらしく立上つて其の松の枝にかけた提灯を取り下ろして其れに火をつけ始めた。マッチをするその時大きな鼻と頑丈な手とが明かに照らし出された。

火のともつた提灯は置場所に困つて又もとの松の枝にかけられた。其れは大分距離があるので其の男の手許を照らすには十分で無かつた。

それでも其の覚束無い光の下に其の男は万事を取運ぶのであつた。先づ懐から二三本の蠟燭を取り出して地上に置いた。其れは此の提灯の蠟燭が尽きた時の準備と思はれた。それから先にほどきかけた薪の処ににじり寄つて其の中から蓆《むしろ》の切を四五枚選り出して傍に置いた。薪許りかと思つたら其の蓆の切も一緒に縛られてあつたのである。男はそれから溝の所に置いてあつた棺を抱くやうにして片側によせて、其の溝の底に先づ蓆の切を三枚許り置き、其の上に薪を交叉するやうに積重ね、其の上に又彼の棺を抱くやうにして載せ、更に其の上に残つた薪を積重ね、其の上に最後に蓆の切れの残りをかぶせた。

併し男は一向火をつける容子が無かつた。さうして尚ほ其の近処を立去らずにゐる私を又不審さうに眺め始めた。

「お前は頼まれて焼くのかね。」と私は又近よつて行つてたづねた。

「い丶えお前さん、これは私の孫の仏様です。」と其の男は不興さうに言つた。

「さうか、お前の孫さんなのか。可哀さうに、何病で死んだのかね。」

「矢張り脳の病気だね。僅か三日許りの患ひで取られました。」と声を曇らせた。

私は線香がもう燃え切つてしまつてゐる彼の建物の方を見た。提灯の光りは其処迄届かぬので、唯黒い小さな建物がぼんやりと見える許りであつたが、其の暗闇の中にも彼の釈迦牟尼仏と書かれた文字が明らかに目に映るやうに思はれた。

私は此の哀れなる男が其の棺の下の蓆の切れに火をつける前に其松林の蔭を出て帰路についた。山を下りながら後をふりかへつて見ると淋しい提灯の火影がもの、陰になつたり現はれたりした。

彼の湯壺で逢つた男には其の後逢はなかつた。或る時又散歩の序に彼の水車小屋の処へ出て其れらしい家を心当てに探して見た。門や柱は大破の儘になつてゐる一軒の家に萱原といふ門標が出てゐた。門内には彼の芸者屋の裏庭に在るやうな霜枯れの菊が五六株あつた。私は大方此の内であらうと思ひ乍ら通り過ぎた。

その日部屋へ話しに来た番頭に彼の萱原の事を聞いて見た。何事をも早呑込する番頭は、私が彼の湯壺の中で逢つた男が萱原其人であるかどうかを慥かめる前に、滔々と萱原の事に就いて話した。

「あの萱原さんは何です。奥さんに関係したことか、それとも何か金銭上の事か、どうもあの方には何か秘密があるのだらう、といふ評判です。退役軍人だとかいふ噂がありますが、どう見てもさういふ柄には見えません。初め御夫婦連れで手前方へお見えになりまして半月位御逗留でしたが、一先御帰京になつて、そから又お見えになつて、今度はあの家を借りてお住居になつたのです。もう半年もゐらつしやいますでせう。奥様はよほどお美くしい方です。……」

そんな事を立てつゞけに喋つたが、つい彼の湯壺の中の男が萱原であるかどうかは聞くことが出来なかつた。けれども何か秘密のある男のやうだといふことが、ふと彼の男の神経質らしい顔に一層暗い影を投げた。

その晩の事であつた。警鐘が鳴つて「火事だ〳〵」と騒ぐ声が聞こえた。雨戸を開けて見ると水車場のすぐ向側と覚ゆるところに火が燃え上つてゐた。

「萱原の家に相違無い。」と私は直感的に思つた。「秘密のある男」と言つた番頭の言葉がすぐ其の火事と結びついて、其処に何か変事が無けりやならぬやうに思はれたのである。萱原夫婦の屍が火中から出る事をも想像して見た。夫婦は已に逃走して此の地にゐない事をも想像して見た。

が、翌朝になつて聞いて見ると、それは萱原の家では無かつたさうである。水車場の向うのやうに見えた火は夜だから近く見えたので半町も離れてゐたのださうである。

私はふと萱原の上にこちらから強ひて異変を待ち設けつゝあつたのだといふ事に気がついてをかしくなつた。其の上彼の湯壺の中で出逢つた男が果して萱原かどうか、それさへ確定したわけでは無いのだと思ふと噴き出しさうにをかしくなつて来た。

その後又萱原の門を通つたが、菊が一層霜枯れてゐる許りで門標にも其他にも何の異変も無かつた。又彼の男の無事な後ろ姿をも二三度見かけた。

却つて一つの変事ともいふべきは、いつも私の部屋の前を手拭をさげて通つて居た三十七八の正直さうな少し足の悪い一人の男が或る日巡査に腰縄を打たれて引張られて行つた。聞けば近処の百姓で、彼の水車場の向うにあつた火事の放火犯人といふ嫌疑でつかまつたのださうである。それも何か遺恨の放火であるらしいといふ事であつた。

槻はもう夙くに枯木になつてしまつて僅に茶殻のやうな葉が二三枚宛枝の尖にへばりついてゐる許りであるが、彼の遅れて黄葉した榎が、もう二三日前から落葉しはじめて、今日あたりは少しの風にも持ちこたへられ無いで、網を投げるやうに降りそゝぐ。

前の山の櫟《くぬぎ》林ももう赤つ茶けた色になつて、半分許り落葉した木の間には汚ない山の地膚を見せてをる。山脈はそれから左へも右へも延びてゐて、其の右に延びた、中腹迄畑になつてゐる辺の梅林の向うに彼の火葬場の松林は見える。

すぐ川向うには例のおもちや屋、芸者屋の裏側が並んで、其の隣の空地には四五匹雄犬が一匹の雌犬を取り囲んで今朝から喧しく吠え立てゝゐる。よく見ると其の中にも雌の歓心を得てゐる犬とゐない犬とがあつて、怪しげな遠吼《とほぼえ》のやうな声を出して吠え立てゝゐるのは其のゐない方の犬であることが判る。

川上の水車は相変らず廻つてをる。其の水車小屋の蔭に彼の萱原の家はある。

午前七時頃に漸く山を離れた太陽はだん〲と中天に昇りつゝある。

私は是等の景色を眺めながら近頃妻の私に言つた言葉を思ひ出してゐた。

「私はそれが不平なのです。」

それは私が、

「僕は此の頃子供が病気した場合に以前程一生懸命に介抱する気にはなれない。」と言つた時に言つた言葉であつた。

眼の前の山川は其の上に芸者屋やおもちゃ屋や水車小屋や萱原の家や、あの湯壺の中に居た男や、拘引された男や、火葬場や、其の火葬場にゐた男や、赤つ茶けた櫟林や、坊主になつた槻や、落葉を降らす榎や、其れ等のものを静かに載せて、凡て時の移り行くのに任してをる。

「何が善か何が悪か。」

山川が静かにありの儘を其の掌の上に載せて居れば時は唯静かに其れ等のもの、亡び行く姿を見せるのみである。其処に善も無ければ悪も無い。私はたゆまうとする心を振ひ起こして鞄の中の用事を片づけるより外に道はなかつた。

椿子物語

上

私は鎌倉の俳小屋の椅子に腰をかけて庭を眺めてゐた。

俳小屋といふのは私の書斎の名前である。もとは子供の部屋であつて、小諸に疎開して居る時分は物置になつてゐて、ろくに掃除もせず、乱雑に物を置いたまゝになつてゐた。三年越しに小諸から帰つて来た時に、そこを片附けて机を置いて仮りの書斎とした。積んであるものは俳書ばかりで、それが乱雑に置いてあり、その他には俳句に関する反古が又山と積み重ねてある。私は小諸でも自分の書斎にしてゐる処を俳小屋と呼んでゐたが、矢張りこゝも同じ名称で呼ぶことにした。

俳小屋の前の庭も矢張り乱雑にいろんな草木があるのである。それも特別に植ゑたといふものは少ないのであつて、四十年間此処に住つてゐる間に、風が運んで来た種子とか、小鳥が糞と共に落して行つた種子とかいふものが自然に生えて、狭い庭のわりには草木の多い方である。植木屋に言はしたら、まつたく型をなさない乱雑な庭といふであらう。併し多年見馴れた目には、その一草一木にも何かと思ひ出があつて棄て難いものがあるのである。殊に椿の木が多く、それが赤い花をつけてゐるのが目を惹くのである。

此の椿はどういふ種類に属するのか知らないけれども普通山椿と呼んでゐるもので真赤な花を夥だしくつけるのである。中には八重なのもあるが単弁なのが多い。花は天辺から根元に至るまで椿全体を押し包んでゐるやうに咲き満ちて、盛りになると、殆ど他の木は目に入らないやうに此の赤い椿が庭を独占してゐるのである。

私は椅子に腰を掛けて、此の赤い椿の花を眺めてゐた。心はいつか旅路をさまよつて居るやうな感じになつた。其の旅路といふのは東海道とか中仙道とかいふのではないのであつて、自由自在に動いて行つて、とりとめもなく天地をさまよふ、といふやうな感じであつた。さうして此の赤い椿は私を取り囲んだ女の群になつて、いつも身辺に付き添ふてゐるやうな感じであつた。

実は私は、もう老年になつて、此の頃は独り歩きを家人からとめられてゐる。私自身にしても、少し道が登りになると脚がだるくなつて来るし、又いそいで歩くやうな時は脹脛が硬ばつてしまふのであるから、車馬の通行の劇しい所を歩く時などは危険だと感じるのである。それでも家人が極端に独り歩きを禁じるのは少し行き過ぎのやうに思つて居る。が、まあ〳〵それもよからうと考へて、家人の言ふが儘にしてゐる。今此処に腰を掛けて、赤い椿の花に埋もれて、じつとその花を見つめて居ると、いつか浮雲にでも乗つてゐるやうな心持になつて、自分は自由自在に心の欲する処に行く事が出来、足は軽やかに空中を踏んで歩き廻ることが出来るやうな幻覚を覚えるのであつた。

そんな空想に浸つて居る時は非常に心は楽しいのであつて、子供がお伽噺を聞いて楽しんでゐるやうな快感を覚えるのである。

造花また赤を好むや赤椿

小説に書く女より椿艶

椿艶これに対して老一人

折節山田徳兵衛君から女人形を送つて来た。それは七八ツかと思はれる女人形であつて、髪はおかつぱで、赤い著物を著て錦のやうな帯を締めてゐた。両手をだらりとさげてゐるのは普通の人形の通りであつた。さうして手紙には、粗末な人形だが私の座右に置いて呉れゝば仕合せだ、といふ意味の事が書いてあつた。丁度赤い椿の盛りであつたところから、私はこれに椿子といふ名を附けて傍の本箱の上に置いた。

山田徳兵衛君はなんと思つて此の人形を送つて来たのか。たゞ座右の飾物にしてくれといふ意味であつたのかもしれないが、又何か心のあつたもののやうにも受取れた。丁度その時分、私に小唄を作つてくれないかといふ或る人からの需めがあつたので、こんな小唄を作つた。

女人形を　お側に置いて
明け暮れ眺めしやんすが　気がかりな
わしや人形に　悋気する

前にも言つたやうに俳小屋には俳書が積み重ねてあつたり俳句の反古が崩れかゝつたりしてゐる中に私が唯一人坐つてゐるのみであつて、外には誰一人居るものもない。前後左右を顧みても、此の女人形に悋気するやうな人影は見当らない。矢張りこれは庭の椿の花を眺めてゐるうちに禁足の自分を自ら憐んで、天地を自由に飛翔する事が出来る夢の天国を描き出し、自ら楽しんで居るのと同じやうに、孤影悄然と本箱の上に置いてある八九歳の少女の椿子に対して居る自分を儚なんで、夢の国を描き出さうとするやうな、そんな欲求に駆られたものかも知れなかつた。「わしや人形に悋気する」といふのは椿子それ自身か、若しくは椿子に対する幻影の女か、それすらはつきりと判らぬやうな心持がするのであつた。

その後、この小唄は吉村柳さんに節附され、柳さん自身に依つて或る小唄の会に親しく唄はれたのを聴いた。また其後、この小唄を稀音家浄観さんが節附をして、それによつて河合茂子さんが踊つたこともあつた。

ホトトギス社や玉藻社や花鳥堂の社員が、年に一二回私の宅へ遊びに来る事がある。其の時は木彫の守武の像や子規の像が箱から取り出されて、小さい国旗を持たされて、諸君を歓迎する意味で床の間に置かれるのであつた。其の時に椿子も亦箱から取り出されて、手に国旗を持たされて、守武や子規の像と並んで諸君を歓迎する意味でやはり一緒に並んで置かれた。その時立子が此の部屋に這入つて来るや否や忽ち

「お、気味が悪い。」

と言つた。それは此の椿子がいつの間にか俳小屋の箱の中から出て来て、座敷の床の間の真つ先きに立つてゐたからであらう。それは守武の像や子規の像よりも椿子の立つてゐる方が気味が悪かつたのであらう。

それから私も日暮方になつて俳小屋に入る時などは、箱の中に納つてゐてこちらを見てゐる椿子を見ることがなんとなく気味が悪いやうな心持もするのであつた。

椿子が俳小屋の本棚の上に置かれてから殆ど三年の月日が経つた。その間に庭の椿は三度開落した。其の時七十五歳であつた私は七十八歳になつた。家人はいよいよ私の外出を厳重に警戒してをる。俳小屋の机の前に坐つてゐる私は愈々孤影悄然としてをる。

去年の暮であつた。丹波の和田山の古屋敷香葎君がやつて来た。さうしてたまたま東京に来て居つたといふ安積叡子さんを同伴して来た。

中

終戦の年であつたか、私は泊雲の墓に詣るために旅行をした。先づ丹波竹田の泊雲の息である西山小鼓子君の家に二泊し、泊雲の墓に詣り、其の翌日は年尾一家の疎開してゐた但馬和田山の古屋敷香葎君を訪ね、そこに一泊し、其の翌日は豊岡の京極杞陽君をたづね、そこに一泊し、其の翌日は又和田山に帰つて安積素顔君を訪ね、又そこに一泊した。

素顔君の家は和田山一番の旧家で、土地の人が本家と呼んでゐるとのことであつた。

素顔君は容貌も体格も立派な人であるが、中年から失明して同志社を中退し、祖先の家を守る傍ら俳句を泊雲君に手引してもらつてゐたのであつた。泊雲君の存生中に泊雲君に導かれて一度わざ〳〵大阪に出て来て、毎日新聞社の俳句会の時に、私と手を握つたことがあつた。又泊雲君が死んで後は杞陽君に俳句の指導をして貰つてゐた。私は杞陽君を通して素顔君の話を聞く事が多かつた。杞陽君は、こんな話をした事があつた。

素顔君は生れからの盲目ではなかつた。同志社に学んでゐる時に急に眼が見えなくなつたのである。丁度桜の花の咲いてゐる時分であつて、落花がしてそれがちらちらと目に映つてゐる時分であつたが、其の時急に黒い幕が上から下りて来て、その幕がつい〳〵とさがつて来て忽ち眼を隠してしまつた。その時落花が白く目に映じつゝあつたのだが、急に見えなくなつてしまつた。それ以来明暗だけは分るが、ものの形は見わけがつかぬやうになつた。網膜剝離症といふのであつた。かういふ話を杞陽君はした。

安積家は和田山の旧家であつて、多くの田畑や山林を所持してゐて、盲目になつた後の素顔君は、一家の主として、倹約な質素な生活をして、その父祖の財産を護ることに専らであつた。さういふ話も杞陽君はした。

それから又こんな話もした。素顔君には子供がたくさんあるが、自分の目の見える時分に出来たのは長女の叡子さんだけであつて、自然叡子さんは一番可愛いゝやうであり、又頼りにもしてゐる。又叡子さんも従順に此の盲目の父に仕へ其用を弁じてゐる、とそんな事も話した。

素顔君の家が和田山一番の旧家であることは、這入つて行つたところの土間や板敷などからも想像された。今猶ほ元禄時代の柱が其儘残つてゐる部分も其の建物の中にあつた。それは釿目が残つてゐて漆光りに光つてゐる柱であつた。縁側から下りると踏石のつゞいてをる古風な庭があつた。其処に大木の柿の木があつて其の梢に熟した柿が二つか三つ取らずに残してあつた。それは私のために残してあるのだとのことであつた。

素顔君は表に出て先きに立つて私を導いた。普通の盲人のやうに杖をつく事をしなかつた。無造作に一人の少女の肩に手を掛けて、それで目の見える人同様に歩くのであつた。その少女といふのはセーラー服を著て髪を束ねて後に垂らしてゐる十五六位の少女であつた。それが杞陽君の話にあつた素顔君の長女の叡子さんであつた。

叡子さんは黙つて肩をかしながら歩いた。素顔君は先づ自分の先祖の墓地に私を導いて行つた。それは板塀を囲らした広い塋域《えいゐき》であつて、元禄時代からの先祖の墓が並んでゐた。

　掃苔や十三代は盲なる　　素顔

　秋晴やあるは先祖の墓を撫し　　虚子

それから又一つの畑に導いた。その畑は素顔君が手づから耕してゐる処であるといひ、そこに生えてゐる菜つ葉に手を添へて満足気に私に示し、いかにもその成長を楽しんで居るもののやうに見えた。それから町を離れて一つの野路を行くと川があつて、そこに橋が架つてゐた。其の橋の上に立つて、

「この川は蓼川といふのです。」

と言つた。さうして其の橋の欄干に背を凭たせて、目はあらぬ処を見詰めてをるやうで暫く深い沈黙に落ちた。

　秋深き如くに素顔黙す時　　虚子

その蓼川のふちは美しく草紅葉してゐた。

　草紅葉しぬと素顔を顧みし　　虚子

　案内するすべなき我や草紅葉　　素顔

　素顔君は尚ほ暫く沈黙をつゞけて居た。その間、叡子さんは淋しさうに素顔君のそばに立つて居た。叡子さんは始めから終りまで一言ものを言はなかつた。暫くその

橋の上に、主客ともに沈黙の数分間を過ごして後ち漸くに歩を返した。素顔君は又叡子さんの肩に手を置いてもと来た路を家路に向つた。此行は年尾、立子を同伴し、此時は杞陽、香葎君等も一緒であつた。

その翌年、香葎君は素顔君を伴つて、私が訪問した礼だといつて、私の疎開先である小諸に来た。其時は香葎君が叡子さんに代つて素顔君に肩をかしてゐた。

ひたすらに小諸近しと汽車涼し　　素顔

小諸に来た時分に、素顔君は、

「自分は盲目になつてから鍼灸を習つてゐるので一つ試みて見ませう。」

と言つて老妻に鍼をし、私の肩をもんでくれた。香葎君は、

「此頃素顔君の門に鍼灸治療といふ看板をかけたが、もと〱大家の旦那であるのを憚つて一人も治療を受けるものはない。」

といふ話をした。

その前後は素顔君の句が最も高潮してをつた時代のやうに思はれた。

乾坤に一擲くれし大夕立

耳一つ恵み残され冬籠

寒卵取りに出しのみ今日も暮れ

農地改革の声が旺んになつて来た時分から素顔君の俳句はぱつたりと跡を絶つてしまつた。香葎君の手紙に、農地改革の事は非常に素顔君の神経を苦しめつゝある、その為めに俳句に興味を失つたやうである、といふ事を言つて来た。その頃叡子さんは京都に出て、同志社に学んでゐた。素顔君は殆ど座右を離さなかつた叡子さんを、嘗て自分の学んだ母校である同志社に遊学させたのであつた。農地改革の声はそれから間もなく起つたのであつた。此の声は多くの田畑や山林を所有してをつた安積家を根柢から揺がせた。続いて財産税のことが起つた。それ等の事は深く素顔君の頭を悩ませた。盲人である自分の腑甲斐なさを憤つた。視覚は全くなくなつた。今迄は明暗だけは分つてゐたのが、それが全く見えなくなつてしまつた。聴覚も衰へた。「耳一つ恵み残され冬籠」といつた其の聴覚も衰へた。食慾も無くなつた。食つても旨くないから食はぬといつて殆ど箸をとらなかつた日が続いた。

それから間もない事であつた、俄に素顔君の訃を伝へて来たのは。或る夜、二階の寝室に入つたが、其の翌朝は静に冷たい骸になつてゐた。

一時は九州に緒方句狂君があり、それに対して山陰に安積素顔君が擡頭したのであつた。句狂君は一坑夫であつたが、ダイナマイトで失明して、懊悩して死を決心したこともあつた。それが俳句によつて蘇生して遂に立派な作家として立つやうになつた。併しその後胃癌にかゝつて死んだ。其の死に臨むや高僧のやうに徹底してゐて少しも煩悶しなかつた。

目を奪ひ命を奪ふ「諾」と鷺　虚子

句狂君は鷲の感じのする人であつた。

今又素顔君も、視覚を失ひ、聴覚を失ひ、遂に又味覚をも失ひ、消ゆるが如く亡くなつた。

何よりもとり戻したる花明り　虚子

嘗て落花を見ながら明を失した素顔君も、今は凡て自由な国に生れ代つて又明らかな目を持つやうになつたであらう。

時を同じくして現れ来つた二人の盲目俳人は又殆ど時を同じくして消えうせてしまつたのであつた。

徂く春や身近きものに古りし杖　句狂

打水をあなやと杖に身を支へ　同

追ひすがり来る雷に杖急かせ　同

我が杖の赴くまゝに恵方道　同

縁先に忘れられゐる杖のどか　同
虹描いて去りゆく雨師に雷きげん　同
杖さそふまゝに良夜の弱法師　同
散る花の無ければ盲つまらなく　同
稲妻にそむける顔を持たぬ我　素顔
小春日の我をとらへて離さざる　同
耳かせばかそけさの音枯野原　同
徒然や文机によむ羽子の数　同
帰らねばならぬ西日の松縄手　同
葉にけはい起りて落つる椿かな　同
行楽の我にむなしき蝶の空　同

未亡人とし子さんに送つた慰めの句。

冬の去るごと又春の来たるごと　虚子

叡子さんは父の死を聞いて驚いて家に帰り、喪に籠つて静に母の許にあつた後、又京都に出て同志社に学びを続けてゐた。

老の月日は経つのが早かつた。素顔君の死から早くも三年を経過した。叡子さんは同志社を卒業して、暫く帰つて家庭にあつたのであるが今度親戚をたづねて一寸東京に出て来た。丁度香葎君も出京して、二人連れ立つて私を訪問して来たのであつた。

下

久しぶりに逢つた叡子さんは、昔、素顔君に肩をかして黙々として歩いて居つた一少女とは見違へるほどに人と成つてゐた。髪容ちや服装などにいくらか女学生の名残りはとゞめてゐたが併しもう立派な一個の女性となつてゐた。昔は沈黙であつた一少女も、今はこちらの問ふ事に対してはき〳〵と返辞をした。物に臆するやうな処は少しもなかつた。

嘗て素顔追悼号を出した「木兎」に、未亡人とし子さんは斯う書いてをるのを見た。

「実家の父、子供たちにとつては外祖父が、子供と一緒に火鉢を囲んでしみ〴〵と、『お父さまもあの体でようこゝまで生きて下さつた。御苦労さんだつたなあ。今頃は楽になつてほつとしてゐなさるだらうなあ。』と話してゐるのを隣室から聞くともなしに聞いて私はハツと、自分の悲しみにとぢ籠つてゐた私自身を省みて、故人をはじめみんなに相すま無く思ふと共に

『お祖父さんのおつしやつたやうに、本当にお父さまは御苦労であつたのね。こゝま

で生き抜いて下さつたことを感謝して、明るくあたゝかい日日を過しませうね。』

と約束したのであつた。」

と書いてをる。斯くしてとし子さんは、亡き夫に代つて家を守り、叡子さんをはじめ多くの子女を明るく素直に育て上げ、殊に昨今は同志社を卒業した叡子さんを膝下に置いて其の薫陶に余念もなく、又叡子さんは母を助けてよく其の支へ柱となつてゐるであらうことは、今叡子さんを目の前に置いて、想像に難くないのであつた。

私は、此の日は俳句の会が午後からあるので、午からは外出せなければならず、香葎君、叡子さん、それに老妻をも加へて、四畳半で炬燵を取り囲んで、其の上でお惣菜の昼飯をした〻めることにした。小さいコップに一杯づつの酒をついで御飯の前にその盃を挙げて互の健康を祝し、殊に叡子さんが何物にも煩はされずすくすくと素直に伸び育つて来たことを祝福した。それはほんの口を湿ほすほどの少量の酒であつたが、御飯をたべて居るなかば頃から、叡子さんの顔はだん〳〵と赤くなつて来た。老妻は笑つて
「まあ、叡子さん、まつかになつて。」

と言つた。

叡子さんは黙つて頬をおさへ、席をかへて坐つたが、その顔は愈々赤くなつて来た。香葎君も笑ひ、私も笑つた。

私は此の時の叡子さんを美しいと思つた。嘗て素顔君に肩を貸して黙つて蓼川までの道を歩いて行つた時の陰気な淋しい面影は払拭されて、つゝましやかではあるが、快活で、それで今斯く目のあたりに見て、別に粧ひを凝らしてゐるとも思へない顔を真赤にして、一杯の酒の酔を持てあましてゐるらしい、それを大変美しいものと眺めた。

新年の俳句会の放送をした時、私は、この時の叡子さんの事を思ひ出してかういふ句を作つた。

この女この時艶に屠蘇の酔

あとでこれは誰のことを言つたのかといふ質問があつたので、私はいつかの叡子さんの事を話した。放送俳句会の為に豊岡から出て来てゐた杞陽君は、

「叡子さんが『この女』になつたのですね。」

と笑つた。

その後和田山に帰つた叡子さんから手紙が来たが、その手紙には斯ういふ事が書いてあつた。

「先生がお留守になつてから奥様のお許しを得て俳小屋を一見しました。其処には先生の毎日のお仕事が運ばれて居る様子を想像する事が出来ました。」

と書いてあつた。それから又かういふ事が書いてあつた。

「かねて承つてをりました椿子さまにもお目にかゝりました。これが常に先生のおそばにあつて明け暮れをお慰さめしてゐるのかと思ふとおなつかしく思ひました。」

と書いてあつた。

叡子さんも、お母さんのとし子さんも、以前は素顔君の感化で俳句を作つて居つた。がその後は作つて居るやうな様子も聞かなかつた。或は作つて居つたのかも知れないが、それらしい様子は私には伝はらなかつた。久し振りに香葎君と一緒に私の家を訪ねたことが機会になつて、それからの叡子さんは又香葎君の仲間と共に熱心に俳句を作るやうになつたらしい。その会の句稿が私の所に廻つて来た時分に、選をして返すのを楽しみに待つてをるといふ手紙が来た。さうして今度は二句選ばれた、今度は一句も無かつた、といふやうな事を其の都度報じて来た。

今年の椿も真赤に咲いた。例の如く椅子に腰を掛けて毎日のやうに眺めるのであつたが、併し嘗てのやうな感じは、はつきりとは浮ばなかつた。此の赤い椿に包まれて雲に乗つて自由に大空をさまよひ歩くやうな空想は、全く起らないではなかつたが、現れては消えるといふやうな影の薄い朧気なものであつた。本箱の上の箱に這入つてゐる椿子を見ると、それもなんだか生気がなく、埃つぽく見えた。私はそれを机の上に下ろした。

私は不図この椿子を叡子さんに贈らうかと思ひ立つた。なぜ叡子さんに贈らうかと思ひ立つたかと自分で考へて見たが、その理由は判らなかつた。只、私の留守に叡子さんが俳小屋に這入つて、この椿子を見てなつかしく感じた、といふ事以外には其の理由は見出せなかつた。が只なんとなく叡子さんに贈らうかと思ひ立つた。叡子さんに葉書を書いた。さうして椿子をあなたに上げようかと思ふのであるがお受取り下さいますか、といふ意味のことを言つてやつた。叡子さんから返事が来た。

椿子さんを私に下さるとの御事、夢のやうな気がいたしながら拝見いたしました。可愛らしい顔が思ひ出せて参ります。是非々々戴かせて下さいませ。身にあまる光栄でございます。三年間先生のお側を離れなかつた椿子さん、必ず可愛がつて淋しがらせぬやうに致しますから戴かせて下さいませ。

お葉書を手にして裏に居る母と話して居ました。山椿の赤い花がしめつた岩の上に落ち重なりました。それから草取りをしてゐる間にも、鎌倉のお書斎の先生、お書斎に侍んべつてゐる椿子さんのことを思つてゐました。香葎さまにお電話して、大変なことになつたと話し合ひました。

父が元気であればどんなにか喜んで呉れるだらうかと思ひます。

明日は末の妹の入学式（小学一年生）でございます。杞陽先生のお宅のおぼつちやんもおない年であつたやうに存じてをります。

生野鉱山においでになりました山口青邨先生をお迎へしての句会は、夜でございますので帰る汽車がございません。楽しみにしてをりましたのに残念でございます。

それから椿子を受取つた時の手紙に、

只今、椿子さんが無事到著いたしました。ほんたうに有難うございました。不思議な運命の椿子さんが今私の手にございます。亡き父がいつも私にしてくれてゐたやうに、今私は椿子さんの髪を撫ぜてやつて居ります。

それから又二三日して、

近日杞陽先生にお願ひして、昭子奥さまをお招きして、椿子さんの歓迎句会を催すことにいたし度いと存じます。楽しみでございます。

それからその時の句会の結果を報告して来た手紙に、

ふくみたる酒にほの〴〵桃日和　　とし子

椿子と叡子とふと似春の宵　　香葎

逝く春の卓に椿子物語　　昭子

他に三四人の句が書かれてあつた。さうして椿子を詠つた叡子さんの句は無く、かういふ句があつた。

夜桜にまじる裸木おそろしく　　叡　子

さうして又

今皆様を送り出した部屋には只椿子と私があるのみでございます。此の際句作する心を取り戻した母を嬉しいと思ひます。

香葎君、並に香葎君の細君のはる女さんからも椿子句会のことを報じて来た。又杞陽君からも手紙が来た。

今日叡子主催椿子歓迎会。私は留守番、昭子が参りました。電話がかゝつて来て、大変面白い句会であつたとのこと。昭子は和田山一泊とのこと。

この間、椿子をいたゞきたての叡子さんに逢ひました。大変仕合せさうでした。

私は山田徳兵衛君に此事を報ぜなければならぬと思ひながら、まだ其のまゝにしてゐる。

私は椿子をどういふ意味で叡子さんに贈つたのであつたかといふ事を考へて見たが、矢張り明らかなことを答へることが出来なかつた。たゞなんとなく叡子さんに贈りたいやうな心持がして贈つたのであつた。斯く椿子歓迎句会が催され、京極昭子さんまでがそれに参会されたといふ事を聞くのも、又、叡子さんのお母さんのとし子さんもそれに依つて句作の心を取り戻されたといふことを聞くのも、それが私の叡子さんに贈つた心持と合つたものであらうとも、又違つたものであらうとも、私にとつて満足の事であらねばならなかつた。

或事の為め上京した杞陽君は、其の用事を果した後、一日暇を見て鎌倉の草庵を訪れた。話が椿子のことにも及んだ。

さうして叡子さんに頼まれた短冊を取り出して、それに句を書けとのことであつた。私は、

椿子と名付けてそばに侍らしめ

椿子に絵日傘持たせやるべきか

それから椿の句をも二三認めた。杞陽君は叡子さんに代つて丁寧に礼を言つて、それを風呂敷にくるんだ。其の容子がをかしかつた。

「何だか恋の使のやうですね。」

と笑つた。杞陽君も

「若い娘さんの使ですからね。」

と笑つた。

椿子を入れるための硝子の箱を其の後山田徳兵衛君から送つて来たのが其のまゝに

してあつた。それはまだ叡子さんに送つてなかつた。これものだから誰かいゝ序があつた時分に頼まうと思つて居ると私は話した。杞陽君は私が持つて行つてもいゝのだが、外に重い鞄も持つてゐるからと躊躇してゐた。併し、その硝子の包みを見せて呉れと言つたので、私は取り出して見せた。杞陽君はそれを見て、矢張り私が持つて行くことにしませうと言つた。重い鞄のほかにそれを提げて玄関を出る時には「恋の重荷」といふ感じがした。

米原駅から出した鉛筆書きの葉書が来た。
「椿子の箱、只今伊吹山麓を通過。五月二十五日朝、米原駅、京極杞陽」

発行所の庭木

発行所の庭には先づ一本の棕梠《しゆろ》の木がある。春になつて粟粒を固めた袋のやうな花の簇出《そうしゆつ》したのを見て驚いたのは、もう五六年も前の事である。それ迄棕梠の花といふものは、私は見た事がなかつたのである。見た事はあつても心に留まらなかつたのである。それがこの家に移り住むやうになつて新しく毎日見る棕梠の梢から、黄いろい若干の袋が日に増し大きくなつて来るのを見て始めて棕梠の花といふものを知つた時は一つの驚異であつた。その後の棕梠には格別の変化も無い。梢から矢の如く新しい沢山の葉が放出すると同時に、下葉の方は葉先から赤くなつて来て幹に添ふて垂下して段々と枯れて行く。この新陳代謝は絶えず行はれつつある。或時私は座敷の机にもたれて仕事をして居ると、軒端に何か物影がさして其処に烈しい羽搏《はばた》きの音が聞えたので驚いて見ると、それは半ば枯れて下つてゐる一本の棕梠の葉に止まつた烏が、自分の重みで其の葉を踏折つた、それに驚いて羽搏いてゐる処であつた。丁度私が見上げた時は、其折れた棕梠の葉を踏み外しながら、烏は羽搏いて他の簇出してゐる棕梠の葉の間から大空へ逃げて行かうとする処であつた。

そこには二本の松の木があつたが、其一本は枯れてしまつた。此松の木が緑を吹く事が年々少なくなつて来て、頼み少なくなつて来た時は何となく厭な心持であつた。どうかして蘇生さして遣りたいと思つて、植木屋に頼んで或る薬を根本に濺《そそ》がした。それから二升ばかりの酒を惜し気もなく呉れて遣つた事もあつた。それでも勢を盛り返さなかつた。植木屋の説によるとこれは隣の楓が余りはびこる為めであらうとの事であつたので、其楓を坊主に切つた事もあつた。又た植木屋が云ふには、これは此処にある塗池が破損してゐて水が漏る為めに松が痛むのである、この池を潰してしまつたならば助かるかも知れないと。私は又た容易に植木屋の言葉を信じて、その池を潰してしまつた。年とつた植木屋は何日か続けて遣つて来て相当の賃銀を握つて帰つたが、それは全く徒労であつた。其次に植木屋の来た時に、愈々《いよいよ》その松には望を絶つてそれを掘り起して、雪隠《せつちん》の蔭になつてゐた一本の槙をそこに移し植ゑた。この槙は十両とか二十両とかの値打があると植木屋が讃めた程あつて、今迄雪隠の蔭にあつた時は気がつかなかつたが明るみに出して見ると品格のある木となつた。今一本の松の木は枯れた松よりは古木であつて枝振りも面白いから大事になさいと植木屋が言つたが、其後手が届かぬのでこれも段々下枝から枯れて行くやうだ。それでもまだ可なりな緑を吹いて此の方は大丈夫らしい。

その外には二本の青桐と金目《かなめ》が五六本と柘榴《ざくろ》などがある。長さ五間の板塀にくついて是等の木は並べて植ゑられてある。さうしてそれらの木は皆共同の一つの目的を持つて居る。其は外でもない。発行所の前は駄菓子などを売つてゐる小さい店屋が並んでゐて、それらの店屋は皆二階を持つて居る。発行所の前に並んでゐる四五軒の店屋は居つただけであるが、其後段々殖えて来て、発行所の前に並んでゐる四五軒の店屋は悉《ことごと》く二階を作つた。それはめいめいの家が有福になつて作つたのでは無く、だんだん暮しが苦しくなつて来るにつれて、各々二階を建て増して間貸をしてそれを暮しの足しにして行くのである。其二階に来て住まふ人は大概夫婦暮しで、若い夫婦もあれば老人夫婦もあり、商売人らしいのもあれば腰弁《こしべん》らしいのもあつた。僅か六畳か八畳の一間と思はれるのに、割合大勢の人が住まつてゐる。二階を建て増して間貸しをするのも生活の苦しいのが原因であらうが、さう云ふ二階に来て住まつてゐるのも同じく生活の容易でない事を思はせる。それは兎も角として、それらの二階から我が発行所の仕事場を一と目に見下ろすのが不愉快である処から、私はすべてこれらの庭木をして、ただ二階の人々の眼を遮る障壁代りの働きをせしめる事に苦心してゐるのである。その目的に最もよく適つてゐるものは、嘗て松を枯らす原因と認められて坊主にされた楓の木であつて、これは一回や二回の乱伐には臆する色もなく、丈夫さうな枝を縦横に延べてそれに細かい葉を塗抹したやうにつけて居る。自然十両か二十両の槙をも犯せば枝振りの面白いといふ松をも犯して居る。楓に次いで繁茂してゐるのは二本の青桐で、其も松の上におつ被さるやうに葉を垂らしてゐる。

　私はこの発行所を大工の工場の如きものだといつも人に言つて居る。私は此処に来ると只仕事をするばかりである。他の諸君も皆その通りである。もとこの発行所になつてゐる家を建てた人は、相当に建築道楽の人であつたと見えて、木柱なども可也贅沢なものが使つてある。然しそれらは私達の心を慰める程有効に役立つては居らぬ。木柱に罪があるわけではない。そこに住まつて仕事をして居る我等の心にゆとりが無くつて、それを愛賞する余裕を見出さないのである。我等が行き詰まるやうな心持で椅子に腰をかけて仕事をしてゐると、彼の貸二階の人々は同じくその狭い二階に膝をかがめ低い天井に背ぐくまつて、ゆとりの無い暮しをしてゐる様である。宜しく同病相憐れむべきであるが、其二階の人が高いところから我等を見下ろしてゐると気がつくと癪に障らざるを得ない。私は庭に様々な木を植ゑ並べてそれを防がうと苦心して居る。

　俳句や文章を載せてゐる「ホトトギス」は読者に取つて息苦しいものではないであらう。けれどもそれを作るほととぎす発行所は相当に息苦しい場所である。我等は我等の力にあり余る位の仕事を此処でやつて行かねばならぬ。さうして気が飢ゑ神《しん》が疲れた時には仕事をするのが厭になつて、半ば眠つたやうな心持で時間を費すことも少くない。さう云ふ時に我等の気を引き立たせ我等の精神に鞭うつ或るものがある。それは外でもない、門前の小さい家に群生してゐる子供等で、此子供等は傍若無人に大きな声をして往来に活動して居る。往来は異論の申し立てやうもないが、我が発行所の門の所に四五人は愚か十人余りも佇んでゐて、それが喧々囂々《けんけんがうがう》として騒ぎ立てて居る。其中の三四人は並んで敷居に腰を掛けてゐるので、内から表の戸を開けようとしても開かぬ事がある。外から入つて来る時でもなかなかそこを退かうとはせぬ。いくら退けと云つても彼等は平然として腰を掛けてゐながら、じろじろと軽蔑の眼を以て人の顔を見て居る。時には表の戸を開けて庭の中まで闖入《ちんにふ》して来る事もある。彼等の親達はそれを見てゐて叱らうともしない。此方が表の戸を開けかねて困つてゐるのを見ても知らぬふりをしてゐる。発行所は六十坪足らずの地面に四十坪ばかりの建坪があるに過ぎないが、それがこの借家の並んでゐる中にあつては比較的大きい家なので、その小さい家に住まつてゐる人々の眼には、去年の嵐で倒れたのを仮修繕してゐる古びた板塀の発行所が余り愉快なものにうつつてゐないに相違ない。我等が神飢ゑ気疲れてテーブルの前に茫然としてゐる時に、気持よく我等の眠りを覚まし気分を引き立たせてくれるものは、この子供等の投げる石の音である。其石は丁度我等の頭の上の瓦に当つて戛《かつ》と鳴つたと思ふと屋根を転げる音がして庭に落ちる。と思ふ間に又た第二の奴が気持よく頭上の瓦に当つて痛快に脳天に響く。と同時に歓声が門前で起る。此場合「石を投げてはいけない。」と社員の一人が怒鳴る。その声が寧ろ間が抜けて聞える。これらの子供の親達は矢張り門辺に立つて其子供のする事を見て居るのであるが、例によつてそれを止めようとはしない。それよりも「石を投げてはいかぬ。」と云ふ、発行所の中から響く声の聞えた時に其眼は異様に輝く。

これらの人々が発行所の我等に対して何事をか危害を与へて遣りたいと云ふ様な、そんな気の利いた考を持つてゐるとは見えぬ。我等はそれらの店で煙草を買ふこともある。それらの家の者に使を頼む事もある。或時は物を与へる事もある。私達が表を通る時には愛嬌よく彼等は辞儀をする。彼等が自ら手を下して貧しき者から富める者――其実発行所は富める者ではない。その住める家も十人並より小さき者である。只不幸にして彼等よりも富み、彼等よりも大きい家に住み、さうして彼等に近く位置してゐる。――に鬱憤を漏らさうと云ふ程の考も無い。唯それが子供の手によつてなさるる斯《かか》る悪戯は彼等に於て痛快な事であるに相違ない。我等は又た時々頭上に響く其礫《こいし》の音を甘受しながら漸く眠りに落ちようとする心から覚醒して仕事にとりかかるのである。その礫の音、人の往来を妨げる人垣、それらは我等に我慢が出来る。唯我慢が出来ないのは彼の建て並べられた貸二階から栄養不良な眼を光らせてぎろぎろと見下ろされることである。斯る意味に於て私は植木屋が枝ぶりの面白いと云つた松にも、これは十両とか二十両とかの値打ちがあると云つた槙にも、格別の執着を持たぬ。唯冀《ねが》ふところのものは総べての木が目隠しの役目を全うして呉れることである。

但し貸二階は発行所の前面ばかりではなく、裏側にも横側にもある。発行所は殆ど二階に取り巻かれて包囲攻撃を受けてゐるやうなものである。其中に在つて発行所は独り平屋で頑張つて居る。

進むべき俳句の道

＝雑詠詠（ママ）＝

緒言

こゝに雑詠といふのは明治四十一年十月発行の第十二巻第一号より四十二年七月一日発行の第十二巻第十号に至るホトトギス掲載の「雑詠」並に、明治四十五年七月一日発行の第十五巻第十号より大正四年三月発行の第十八巻第六号に至るホトトギス掲載の「雑詠」を指すのである。

第一期の雑詠即ち明治四十一年十月以降一年足ずの間の雑詠は期間も短く且つ句数も極めて少なかつた。けれども当時私は此の雑詠の選によつて我等の進んで行く新らしい道を徐ろに開拓して行かうと考へたのであつた。

高山と荒海の間炉を開く

といふやうな句にぶつゝかつた時私の心が躍つて暫く止まなかつた事は今でもよく覚えて居る。其を何故途中で廃止したかといふに、当時私は専ら写生文に努力して、どうか此の遣り掛けの仕事を、完成と迄は行かずとも、或点迄推し進めて見度いと志して其方に没頭した為めに、自然俳句には遠ざからねばならぬ羽目になつたのであつた。片手間でも雑詠の選位は出来ぬことはあるまい、との批難もあつたけれども、選出する句こそ少数なれ投句数は一万にも近いのであつたから其を片手間仕事にどうするといふことも出来ぬので残念であつたけれども断然其を廃止し且つ其を機会として俳句の事には一切手を出さぬことにしたのであつた。

　其から丁度三年間といふもの私は全く俳句界から手を引いて、所謂見ざる聞かざる言はざる三猿主義を極め込んでゐたのであつたが、其間に私が当初の希望通り小説（写生文）に熱衷《（ママ）》することが出来たのは初めの二年間許りであつて、あとの一年になつてからふと健康を損じなか〱思ふやうには筆が取れぬことになつてしまつた。

　私は「病院に這入らうか遊ばうか」と自ら質問して「遊ばう」と自答した。其から凡そ一年間何もせずに遊びながら心は再び俳句の上に戻つて、病床に鎌倉、戸塚辺の俳人数氏を招いて久しぶりに句作したのも其頃であつた。さうして聞くとも無しに聞く俳句界の消息は私をして黙止するに忍びざらしめるものがあつた。其処で又たホトトギス紙上に俳句に対する短い所感を並べ始め、同時に曾て一度志して果たさなかつた雑詠を再興して、最初の希望通り、私等の進むべき新らしき道を実際的に見出して行かうとしたのであつた。

私が明治四十五年七月一日発行の第十五巻第十号紙上《ママ》に初めて第二期の雑詠を発表して次の如きことを言つたことは読者の記憶に新たなるところであらう。

第一回雑詠選を終りたる後ちの所感を申し候へば、調子の晦渋なるものは概ね興味を感ぜず、平明なるものは多く陳腐の譏を免れざりしといふに帰着致候。今回選せし二十四句と雖も清新といふ点よりいへば慊らざるもの多く候。

当時の心持を回想して今少し率直に言へば、私は実に悪句拙句の充満してゐるのに驚いたのであつた。殊に新傾向かぶれの晦渋を極めた句の多いのと、偶〻旧態を墨守してゐる人の句は生気を欠くことの余り甚だしいのに腹が立つたのであつた。けれども其に腹を立てたのは私の誤りで我ホトトギスの俳句の園を其程の荒蕪に任して置いたのは、誰あらう其が私であつた事を考ふるに至つて撫然とした。

第一回の結果に驚きもし嘆息もしたが、併し寧ろ反動的の勇気を得て、私は益〻雑詠の選に意を留めた。さうして爾来凡そ三年間の努力――寧ろ投句家諸君の努力――によつて、投句家、投句数の激増といふやうな量の上の進歩に併せて立派な句を見出し得るといふ質の上に進歩の著しいのを喜悦せねばならぬのである。

右第一期の約一年間、第二期の約三年間の選句を通計して二千句を出ることは余り多くないのである。句数から言つては決して多いとはいへ無い。けれども仔細に吟味して行けば、此等の句によつて、当初の希望通り、我等の進むべき新らしい道は必ず暗示されてゐる筈である。此の雑詠評は其を験べて見ようといふのである。

其に就いて私は諸君の進むべき道、否進み来つた道は唯一つなりと言はうとは決して思は無いのである。これも実際吟味の結果で無ければ判らぬことであつて、私は軽率に断定しようといふのでは無いが、併し其は是非共さうあらねばならぬものと考へるのである。今少し詳しく言へば斯うである。雑詠は虚子が選をするのであるから、其は虚子趣味以外のものは容れぬのであると言ふ人があるかも知れぬ。其にしたところで、其を作つた人は同一人で無いのであるから、仔細に其を調べて行つたならば、其各作家には其々の特色があつて、一見似寄つたやうな句と見えたものにも争ふことの出来ぬ異色を認めるやうになるであらう。即ち雑詠は雑詠といふ一団としては或一（ママ）の方向に進み来つたものとも言へるのであるが、其中に在る分子々々は各ゝ異つた本来の性質を持つて其々歩趨を異にしてゐるのである。其処で此の雑詠評は強ひて或一つの方向に進んで居るといふ事を演繹的に述べることをしないで、さういふ方向もある、あゝいふ方向もある、斯んな道もある、あんな道もある、といふ風に成るべく種々雑多の違つた道を指定して見ようと思ふのである。

「諸君の進み来つた道は諸君の進むべき道である。」

私はさう考へるのである。兎角世間には人をも弁へず、異同をも究めず、自分が此の方へ進んだのだから皆此の方へ来なければいかぬ、といふ人があるが、さういふ人は動ともすると人の子を誤るのである。自分は甲の道を進んで来たけれども他の人は乙の道を進んで来るかも知れぬのである。人々の進んで来た道が自分と違つてゐるからと言つて直ちに其道が誤つてゐるとは言へ無いのである。即ち或人の無我夢中で歩んで来てゐる道を其道は斯ういふ道である。其道を取れば斯ういふ方向に達する、と斯ういふ事を其人に知らせてやつて、其人自身に新らしい道を拓かせ度いと思ふのである。これは私には分に過ぎた大望かも知れないのであるが、しかしさういふ心持で俳句界に臨んでゐる人が今の処絶無であるから瑰《(ママ)》より始める積りで私は其方針を取つて居る。

　これは一尺でも一寸でも高処に立つてゐる人が適任なのである。若し私より一尺でも一寸でも高処に立つてゐる人でさういふ事を志す人が出て来たら、私などは早速引下つてよいのである。

「ホトトギスに雑詠の選をするのは虚子趣味を推し進めようとするのでは無い。諸君をして諸君自身の道を開拓せしめようとするのである。即ちこゝに雑詠評を試むるのも虚子が進み来り進み行く唯一の道を見出さうとするのでは無い。諸君が進み来り進み行く幾多の道を明かにせうとするのである。

其が私の手によつて為さるゝ為めに私の道に外ならんといふ理屈を称へる人があるであらう。さう言へばさうに違ひ無い。唯私は比較的広いことを志してゐるのである。出来るだけ諸君に立ち代つて諸君自身の道を見出して見度いと考へるのである。

緒言 （ツヾキ）

青年の心を支配するものは「新」といふ字に越すものは無い。自分自身が凡ての物の芽生えに有する潑剌たる生気を有してをるところから、見渡した世界に欣求するところのものも亦凡て新しきものである。否、新しきものといふよりも寧ろ「新」といふ文字其ものである。厳密に言へば彼等は未だ物を聞覩することが少い。中年以上の人が見て陳腐とするところのものを彼等は、初めて其を見るが為めに斬新だと解することが往々にしてある。其為めに古物を陳ねて、之は新しいものであると呼称する人の為めに誤らるゝことが決して珍らしくは無いのである。少くとも上つ面の新しげに見えて其実陳腐なるものを、中核から新らしいものと誤解する事が少く無いのである。其に反して又た上つ面は一見陳腐なるが如くであつて、其実新生命を包蔵してゐるものを、頭から陳腐なるものとして一顧をも与へ無いといふやうなことも亦多い。

私はさういふ傾向が俳壇にも存在してゐることをいつも不本意に思ふのである。未来の俳壇を組織すべき人として青年は大なる責任者である。其青年が兎角軽浮なる

「新」の字に動かされ迷はさるゝことは痛嘆すべきことである。
が、之は青年に止まらない。其道の事情に疎い人は皆同じ傾向を持つてをる。殊に中年以上の人がおど〳〵してゐることは、自分等は年を取つたから、知らず識らずの間にものに膠着して新趨向に取り残されはしないだらうかといふ事である。其が一層地方に僻在してゐる人の心の上に多いのである。たとへば三越といふやうな、流行の魁といふ事を旗印にして営利を専らにせうとしてゐるやうなところは常に此の心理を利用して、ものゝ事情に迂遠な人、田舎ものなどを煙に巻くのである。けれども厳密に之を言つて三越のどの隅に真実の意味でいふ新らしいものがあるか。多くは是れ「新」といふ上辷りのした空虚な文字で人の心を惑乱するものでは無いか。

俳壇にも亦た之に類した事が多い。「新」といふ叫び声は自ら俳壇の落伍者である如く感じてゐる人を脅かすのには無上の武器である。新流行に後れざることを以て通人と心得てゐる軽浮なる都会の人、都会其ものの権威に蹶落されて、訳も無く弱小なるものと心得てゐる田舎の人、其等の人達は唯「新」といふ文字に眩惑されて、其実質をたしかむる遑さへ無しに、其膝下（ママ）に跪拝するのである。

私が嘗て自ら守旧派と号したのも必竟は此の浮薄なる趨向に反対し、軽率なる雷同者に警鐘を撞いたのである。守旧とは唯旧格を墨守せうといふのでは無い。くりかへしていふやうに温古知新の謂である。近来の俳壇の趨向を見ると、一時「新」の字に眩惑せられて前後を忘却してゐたものも漸く覚醒して古典文芸としての俳句の真の面目を了解せうと志してゐるかの観がある。是れ祝福すべきことである。私は最早強ひて旧の字を大呼して、行き過ぎたものを引戻すことにのみ多くの力を注ぐことを必要としなくなつた。今や過去数年間に於て我等が実際的に試み来つた新らしき仕事を振りかへつて見る最好の時機に到達したと言つてよい。

私は真の意味に於ける「新」の字を尊重する。而して「新」とは何ぞや。

「或意味に於て新とは力である。」

私は斯く考へるのである。

正岡子規（まさおか　しき）

慶応三年、松山に生れる。自由民権運動の感化を受けて長ずるなかで、はじめ政治家を志すが、上京して大学予備門に入学後、小説の作を試みる時期を経て短歌、俳句の途に向い、やがて入社した「日本」を拠点に、写実を旨としたその革新運動を展開するとともに、写生文を提唱したのは、近代日本の口語文の確立の一契機をなす。「俳諧大要」の俳論は、歌論において「歌よみに与ふる書」となり、蕪村を見出し、また「万葉集」を推賞した文学観は、その後の批評の基準を定め、写生文の運動は夏目漱石、高浜虚子ら多数を世に出した。日清戦争に従軍記者として赴いた際に喀血した明治二十八年以降は殆ど病床に臥し、同三十五年歿。

高浜虚子（たかはま　きょし）

明治七年、松山に生れる。育った家の環境は幼時から能に親しませ、中学時代に同級の河東碧梧桐と作句を始めると、碧梧桐を介して正岡子規を識ったのが、その行路を決定した。明治三十一年「ホトトギス」の経営に携り、夏目漱石の「吾輩は猫である」を同誌に掲げるが、その後俳誌として原石鼎、前田普羅をはじめとする後進を育成し、また「進むべき俳句の道」を発表するなど、子規の衣鉢を継いだ事業は、近代俳句の方向性に大きな影響を与える。俳句とともに、早くから「斑鳩物語」他の写生文の筆を執っては、戦後は「虹」「椿子物語」に代表される小説に透徹した境涯を描き、昭和二十九年に文化勲章を受章、同三十四年に歿した。

近代浪漫派文庫　7　正岡子規　高浜虚子

二〇〇六年九月十一日　第一刷発行

著者　正岡子規　高浜虚子／発行者　小林忠照／発行所　株式会社新学社　〒六〇七—八五〇一　京都市山科区東野中井ノ上町一一—三九　印刷・製本＝天理時報社／DTP＝昭英社／編集協力＝風日舎

　ISBN 4-7868-0065-1

落丁本、乱丁本は左記の小社近代浪漫派文庫係までお送り下さい。送料小社負担でお取り替えいたします。

お問い合わせは、〒二〇六—八六〇二　東京都多摩市唐木田一—一六—二　新学社　東京支社

TEL〇四二—三五六—七七五〇までお願いします。

◉近代浪漫派文庫刊行のことば

文芸の変質と近年の文芸書出版の不振は、出版界のみならず、多くの人たちの夙に認めるところであろう。そうした状況にもかかわらず、先に『保田與重郎文庫』(全三十二冊)を送り出した小社は、日本の文芸に敬意と愛情を懐き、その系譜を信じる確かな読書人の存在を確認することができた。

その結果に励まされて、専ら時代に追従し、徒らに新奇を追うごとき文芸ジャーナリズムから一歩距離をおいた新しい文芸書シリーズの刊行を小社は思い立った。即ち、狭義の文学史や文壇に捉われることなく、浪漫的心性に富んだ近代の文学者・芸術家を選んで四十二冊とし、小説、詩歌、エッセイなど、それぞれの作家精神を窺うにたる作品を文庫本という小宇宙に収めるものである。

以って近代日本が生んだ文芸精神の一系譜を伝え得る、類例のない出版活動と信じる。

新学社

近代浪漫派文庫（全四十二冊）

※白マルは既刊、四角は次回配本

❶維新草莽詩文集　歎涕和歌集／吉田松陰／高杉晋作／坂本龍馬／雲井龍雄／平野国臣／真木和泉／清川八郎／河井継之助／釈月性／藤田東湖／伴林光平

❷富岡鉄斎　画讃／紀行文／画談／詩歌／書簡　大田垣蓮月　海女のかる藻／消息

③西郷隆盛　遺教／南洲翁遺訓／漢詩　乃木希典　漢詩／和歌

④内村鑑三　西郷隆盛／ダンテとゲーテ／余が非戦論者となりし由来／歓喜と希望／所感十年ヨリ　岡倉天心　東洋の理想（浅野晃訳）

⑤徳富蘇峰　嗟呼国民之友生れたり／『透谷全集』を読む／還暦を迎ふる一新聞記者の回顧／紫式部と清少納言／敗戦学校／宮崎兄弟の思ひ出　ほか

黒岩涙香　小野小町論／『一年有半』を読む／藤村操の死に就て／朝報は戦ひを好む乎

⑥幸田露伴　五重塔／太郎坊／観画談／野道／幻談／鵞鳥／雪たゝき／為朝／評釈炭俵ヨリ

⑦正岡子規　子規句抄／子規歌抄／歌よみに与ふる書／小園の記／死後／九月十四日の朝

高浜虚子　自選虚子秀句（抄）／斑鳩物語／落葉降る下にて／椿子物語／発行所の庭木／進むべき俳句の道

⑧北村透谷　楚囚之詩／富嶽の詩神を思ふ／蝶のゆくへ／み、ずのうた／内部生命論／厭世詩家と女性／人生に相渉るとは何の謂ぞ　ほか

高山樗牛　滝口入道／美的生活を論ず／文明批評家としての文学者／内村鑑三君に与ふ／『天地有情』を読みて／清見潟日記／郷里の弟を戒むる書／天才論

⑨宮崎滔天　三十三年之夢／侠客と江戸ッ児と浪花節／浪人界の快男児宮崎滔天君夢物語／朝鮮のぞ記

⑩樋口一葉　たけくらべ／大つごもり／にごりえ／十三夜／ゆく雲／わかれ道／につ記―明治二十六年七月　一宮操子　蒙古土産

⑪島崎藤村　桜の実の熟する時／藤村詩集ヨリ／前世紀を探求する心／海について／歴史と伝説と実相／回顧（父を追想して書いた国学上の私見）

⓬土井晩翠　土井晩翠詩集／雨の降る日は天気が悪いヨリ

上田敏　海潮音／忍岡演奏会／『みだれ髪』を読む／民謡／飛行機と文芸

⑬与謝野鉄幹　東西南北／鉄幹子（抄）／亡国の音　与謝野晶子　みだれ髪／晶子歌抄／詩篇／ひらきぶみ／清少納言の事ども／紫式部の事ども／和泉式部の歌／産褥の記／ロダン翁に逢つた日／婦人運動と私／鰹

⑭登張竹風　如是経／美的生活論とニイチエ

生田長江　夏目漱石氏を論ず／鷗外先生と其事業／ブルヂョアは幸福であるか／有島氏事件について／無抵抗主義、百姓の真似事など／『近代』派と『超近代』派との戦／ニイチエ雑観／ルンペンの徹底的革命性／詩篇

㉚ 蔵原伸二郎　定本岩魚／現代詩の発想について／裏街道／狸犬／目白師／意志をもつ風景／谿谷行
中河与一　歌集秘帖／氷る舞踏場／鏡に這入る女／円形四ッ辻／はち／香妃／偶然の美学／「異邦人」私見
横光利一　春は馬車に乗つて／榛名／睡蓮／橋を渡る火／夜の靴ヨリ／微笑／悪人の車

㉛ 尾﨑士郎　蜜柑の皮／篝火／瀧について／没落論／大関清水川／人生の一記録
中谷孝雄　二十歳／むかしの歌／吉野／抱影／庭

㉜ 川端康成　伊豆の踊子／抒情歌／禽獣／再会／水月／眠れる美女／片腕／末期の眼／美しい日本の私

㉝ 「日本浪曼派」集　中島栄次郎／保田与重郎／芳賀檀／木山捷平／緒方隆士／神保光太郎／亀井勝一郎／中村地平／十返一　ほか

㉞ 立原道造　萱草に寄す／暁と夕の詩／優しき歌／あひみてののちの　ほか　津村信夫　戸隠の絵本／愛する神の歌／紅葉狩伝説　ほか

㉟ 蓮田善明　有心（今ものがたり）／森鷗外／養生の文学／雲の意匠
伊東静雄　伊東静雄詩集／日記ヨリ

㊱ 大東亜戦争詩文集　大東亜戦争殉難遺詠集／三浦義一／影山正治／田中克己／増田晃／山川弘至

㊲ 岡潔　春宵十話／日本人としての自覚／日本的情緒／自己とは何ぞ／宗教について／義務教育私話／創造性の教育／かぼちゃの生いたち／六十年後の日本／唯心史観　胡蘭成　天と人との際ヨリ

㊳ 小林秀雄　様々なる意匠／私小説論／思想と実生活／満洲の印象／事変の新しさ／歴史と文学／当麻／無常といふ事／平家物語／徒然草／西行／実朝／モオツアルト／鉄斎Ⅰ／鉄斎Ⅱ／蘇我馬子の墓／古典をめぐりて　対談（折口信夫）／還暦／感想

㊴ 前川佐美雄　植物祭／大和／短歌随感ヨリ
清水比庵　比庵晴れ／野水帖ヨリ（長歌）／紅をもてヨリ／水清きヨリ

㊵ 太宰治　思ひ出／魚服記／雀こ／老ハイデルベルヒ／清貧譚／十二月八日／貨幣／桜桃／如是我聞ヨリ
檀一雄　美しき魂の告白／照る陽の庭／埋葬者／詩人と死／友人としての太宰治／詩篇

㊶ 今東光　人斬り彦斎　五味康祐　喪神／指さしていう／魔界／一刀斎は背番号6／青春の日本浪曼派体験／檀さん、太郎はいいよ

㊷ 三島由紀夫　花ざかりの森／橋づくし／三熊野詣／卒塔婆小町／太陽と鉄／文化防衛論